AURÉLIA BEAUPOMMIER

Les Goûters des Sorciers

Photographies : ANNE BERGERON
Stylisme : DIANE GLAVANY

SOLAR

À Héloïse, Emily et Faustine, pour m'avoir expliqué
que les gâteaux au chocolat étaient nécessaires
à la bonne marche de l'existence.

À Mme Alexandra L. et à ses élèves de ces années-là :
Emmy, François, Constance, Gabriel, Emily, Marius,
Chloé, Corentin, Hailey, Baptiste, Maya, Olivier, Eva,
Axel, Léna, Louka, Gabrielle, Timmy, Alicia, Liam,
Thalia, Benjamin, Ethan, Timéo et Noah.

« LIVRE ! OUVRE-TOI... »

À LA TABLE DES SORCIERS

MON WHO'S WHO DES SORCIERS

ABRACA

Abraca, venue d'Imagi, est envoyée sur terre pour y entamer son apprentissage de la magie. Elle se lie d'amitié avec Firmin, petit-fils de Carabosse et fan de jeux vidéo. Accompagnés de la voisine Lulu et du chat Coqueluche, ils viennent en aide à de nombreux personnages de contes. Cette série d'animation est issue du jeu vidéo du même nom, sorti en 2016.

▸ *Recettes pages 100, 139.*

ALADDIN

Aladdin rencontre un puissant sorcier nommé Jafar. Celui-ci lui demande d'aller chercher une modeste lampe dans une grotte mystérieuse que lui-même ne peut atteindre. Aladdin, méfiant, refuse de donner la lampe à Jafar avant qu'il ne l'ait fait sortir de la Caverne aux Merveilles. Furieux, le sorcier enferme Aladdin dans la grotte. Privé de lumière, Aladdin frotte la lampe et découvre qu'elle héberge un génie capable d'exaucer ses vœux les plus fous. Mais Jafar veut récupérer la lampe et ne recule devant rien pour utiliser les pouvoirs du génie à son profit…

▸ *Recettes page 84.*

BABA YAGA

Figure fictive incontournable des contes russes ou polonais, la baba Yaga incarne la sorcière par excellence. Dans sa petite isba montée sur des pattes de poule, cette vieille femme munie de tout un tas d'objets magiques et de formules mystérieuses croque les enfants et les voyageurs. Figure terrifiante tout autant que gardienne de la sagesse et de la vérité, elle est détentrice d'une magie ancestrale et mystérieuse qui fait de tous les contes la mettant en scène des récits fascinants.

▸ *Recettes page 162.*

CHARLIE ET LA CHOCOLATERIE

Charlie Bucket est un modeste garçon qui grandit auprès de sa famille dans une minuscule maison. Le jour où la fabrique de dentifrice où travaille son papa ferme, la misère guette toute la famille. Au même moment, Willy Wonka, le plus grand et imaginatif des chocolatiers du monde, lance un concours : cinq tickets d'or sont dissimulés dans les confiseries Wonka ; ceux qui les trouveront pourront pénétrer dans l'usine de confiseries… Contre toute attente, Charlie trouve le dernier ticket d'or. Accompagné par grand-papa Joe, il participe à une aventure extraordinaire… Ce classique de la littérature jeunesse a été écrit en 1964 par Roald Dahl.

▸ *Recettes pages 64, 86.*

AMANDINE MALABUL

Amandine Malabul, l'héroïne des romans de Jill Murphy, est une jeune sorcière maladroite qui étudie à l'Académie pour sorcières de Mlle Joliedodue. Malchanceuse en dépit de son bon cœur, elle est considérée comme la « pire sorcière » qui soit. Accompagnée par son amie Paméla et par son chat Petitpas (tigré, et pas noir comme il se devrait !), elle fait face avec bonne humeur aux multiples tours que lui joue son quotidien à l'Académie, mais aussi aux fourberies de son ennemie, Octavie Pâtafiel.

▸ *Recettes pages 27, 55, 107.*

ASTÉRIX & OBÉLIX

Panoramix est le druide du petit village gaulois d'Astérix mis en bulles par Goscinny et Uderzo. Vous savez, le fameux village qui résiste encore et toujours à l'envahisseur romain ? Vêtu d'une vénérable tunique blanche assortie à sa non moins vénérable barbe, le druide est aussi sage que savant, on ne saurait partir à l'aventure avant de l'avoir consulté. C'est lui qui prépare la très célèbre potion magique – dont le secret ne se transmet que de bouche de druide à oreille de druide ! — qui confère une force surhumaine à ceux qui la boivent.

▸ *Recettes pages 68, 133, 172, 172.*

CHARMED

La série *Charmed* relate les aventures de trois sœurs, Prue, Piper et Phoebe Halliwell, rejointes par Paige, quatrième sœur découverte au cours de leurs aventures ; dans leur maison de San Francisco. Un beau jour, Phoebe trouve un grimoire et lit une formule qui active des pouvoirs jusque-là inconnus : les trois sœurs découvrent alors qu'elles sont les héritières d'une puissante lignée de sorcières. Chacune d'entre elles va devoir apprendre à utiliser ses dons, à jongler entre grimoire et vie moderne pour combattre les forces maléfiques qui rôdent et cherchent à s'emparer de leurs pouvoirs… Leurs recettes préférées s'inspirent de l'halloween à l'américaine mettant la citrouille en vedette.

▸ *Recettes pages 104, 142.*

COCO

Miguel, 12 ans, rêve de devenir un guitariste aussi talentueux que son idole Ernesto de la Cruz. Pourtant, chez lui, la musique est interdite, sa famille préférant le voir prendre la relève de la cordonnerie familiale.
À l'approche du Jour des Morts, prêt à tout pour participer au concours de guitare, Miguel entre par effraction dans le mausolée d'Ernesto, mort accidentellement des années auparavant, pour emprunter sa guitare. Propulsé par magie au Pays des Morts, il apprend qu'il doit obtenir la bénédiction d'un de ses ancêtres avant l'aube, sinon il restera bloqué parmi les morts, oublié des vivants…

▸ *Recette page 23.*

DONJONS & DRAGONS

Donjons & Dragons est le tout premier jeu de rôle sur table de genre médiéval-fantastique. Créé dans les années 1970 par les Américains Gary Gygax et Dave Arneson, premiers à formaliser les règles précises du jeu de rôles, il se joue à l'aide d'un livre de règles, de feuilles de personnages et de crayons à papier, de dés spéciaux et d'un plan effaçable. Le jeu, situé dans un univers de fantasy, inspiré des mythes antiques et médiévaux, met en scène des personnages fabuleux : elfes, orques, nains, dragons, démons… qui s'affrontent à coup de magie et de sorts.

▸ *Recettes pages 19, 37, 167.*

DR. STRANGE

Le Dr. Stephen Strange était autrefois un neurochirurgien brillant et réputé, mais aussi égoïste et cynique, choisissant ses patients en fonction de l'épaisseur de leur portefeuille.

Un soir, ivre au volant, il provoqua un accident dont il sort handicapé au point de ne plus jamais pouvoir opérer. Désespéré, il voyage jusque dans l'Himalaya pour rencontrer un sage qui, pensait-il, pourrait le guérir. Celui-ci le forma aux arts occultes et le dota d'un manteau de lévitation ainsi que d'une amulette.

▸ *Recettes pages 96, 63.*

LA FÉE CLOCHETTE

Indissociable de Peter Pan, et parfois reléguée au second plan, la fée Clochette est pourtant un personnage essentiel et central des aventures des enfants perdus et de la famille Darling, créés par J. M. Barrie en 1904. Grâce à sa poudre de fée, ils ont même la possibilité de voler ! Amoureuse de Peter Pan, elle est jalouse de Wendy. Parfois gentille, parfois moins, elle est « tellement petite qu'elle n'a de place que pour un seul sentiment à la fois ». Un peu naïve, elle peut se montrer rancunière, comme lorsqu'elle révèle au capitaine Crochet la cachette de Peter Pan. Toutefois, elle est aussi loyale et sensible, notamment lorsqu'elle boit le poison contenu dans le médicament de Peter Pan afin de le sauver.

▸ *Recettes pages 25, 130.*

FRANKENSTEIN

Publié en 1818 par Mary Shelley, le roman *Frankenstein* relate l'élaboration d'une créature amenée à la vie par le Dr Frankenstein, savant génial (ou fou, selon les opinions). Rejeté par la société ainsi que par son créateur, la créature sombre dans la folie et connaît un destin funeste.

Passé à l'état de mythe littéraire et cinématographique, on retrouve Frankenstein aussi bien à la télévision que dans les publicités ou les jeux vidéo.

Bien que ses traits varient parfois, c'est sous l'apparence que lui donna Boris Karloff dans *La Fiancée de Frankenstein* qu'il reste le plus célèbre.

▸ *Recette page 155.*

DRAGONS

Inspirés des livres de Cressida Cowell, les films et la série *Dragons* racontent comment des Nordiens, hostiles depuis toujours aux dragons, vont finalement apprendre à vivre avec eux. Inséparables depuis qu'ils ont appris à se faire confiance, Harold et son dragon noir Krokmou, tous les deux handicapés, combattent les braconniers en compagnie de leurs amis dragonniers et de leurs montures aux caractères bien trempés.

▸ *Recettes pages 49, 103, 180.*

LE FANTÔME DE LA CHOCOLATERIE

Dans la petite ville écossaise de Dundoodle, Archie vient d'hériter de la célèbre usine de confiseries McBudge. Hélas ! La recette originale des célèbres caramels McBudge, dont la réputation s'étend au monde entier, a disparu !
C'est ainsi qu'Archie et ses amis Fliss, bricoleuse de génie, Billy, spécialiste des potins, mythes et légendes locaux, sans oublier le chien Sorbet, se lancent dans une chasse au trésor pour retrouver l'ingrédient secret des McBudge…

▸ *Recettes pages 83, 184.*

HANSEL ET GRETEL

Publié par les frères Grimm, ce conte, l'un des plus célèbres au monde, relate les aventures d'un frère et d'une sœur égarés dans une forêt habitée par une sorcière mangeuse d'enfants.
Perdus dans les bois, Hansel et Gretel découvrent la maison de la sorcière, une maison bien particulière puisqu'elle est faite de confiseries et de biscuits. Attirés par tant de gourmandises, les enfants tombent sous l'emprise de la vieille femme et ne devront leur salut qu'à leur ingéniosité.

▸ *Recette page 159.*

HARRY POTTER

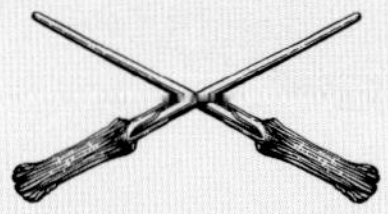

Série de romans écrits par J. K. Rowling et adaptés au cinéma, la saga *Harry Potter* raconte les aventures d'un jeune garçon orphelin qui, un beau jour, découvre non seulement qu'il est doté de pouvoirs magiques – un monde, celui de la sorcellerie, dont il ignorait jusque-là l'existence –, mais aussi qu'il est l'élu attendu par les sorciers pour vaincre le plus puissant mage noir de tous les temps, assassin de ses parents, lord Voldemort. Au sein de l'école de Poudlard, il apprend la magie et forme, avec ses amis Ron Weasley et Hermione Granger, un trio inséparable aussi bien lorsqu'il s'agit de plaisanter avec le débonnaire directeur Albus Dumbledore que de se rendre aux cours de potions du ténébreux professeur Severus Rogue.

▸ *Recettes pages 70, 88, 115, 183, 183.*

HOCUS POCUS

Dans la petite ville de Salem, le soir d'Halloween, un adolescent allume par défi une bougie noire qui aurait le pouvoir de faire renaître à la vie les tristement célèbres sœurs Sanderson. Hélas pour nous, le sortilège jeté par Winifred, Sarah et Mary au XVIIe siècle fonctionne parfaitement, et voici que les trois sorcières sont de retour. Aidées par leur grimoire, et plus ou moins par Billy Butcherson, l'ancien amoureux de Sarah, elles sont bien décidées à se venger des habitants et à conquérir leur immortalité, cette fois-ci pour de bon. Alors, chers et chères lecteurs et lectrices, retenez bien ceci : quelle que soit l'année en laquelle nous sommes, n'allumez jamais, jamais, jamais de bougie noire le soir d'Halloween.

▸ *Recettes pages 20, 127.*

HÔTEL TRANSYLVANIE

C'est bien connu, lorsque des humains sont dans le coin, les monstres ne peuvent jamais être tranquilles. C'est pourquoi, le comte Dracula – « Drac » pour les intimes – a créé le plus formidable et luxueux hôtel du monde pour que toutes les créatures puissent y couler des jours heureux.
Tout se passait à merveille jusqu'à ce qu'un humain se retrouve à l'hôtel… alors même que la plus grandiose des fêtes était organisée pour les 118 ans de Mavis, la fille de Drac.
Pour compliquer le tout, ces deux-là tombent amoureux… et lorsque Drac devient grand-père… Non, je préfère ne rien vous en dire… voyez plutôt les films !

▸ *Recettes pages 29, 134.*

KIKI LA PETITE SORCIÈRE

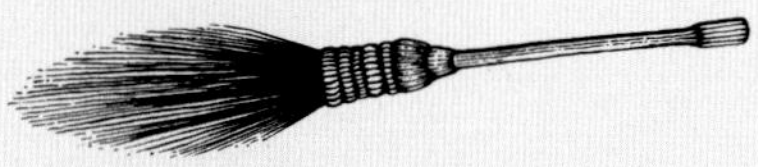

Dans la famille de Kiki, on est sorcière de mère en fille. Mais pour être digne de ce titre, Kiki doit faire son apprentissage et quitter les siens pendant un an. C'est ainsi qu'en compagnie de son chat Jiji, elle enfourche son balai et met le cap vers le sud pour voir la mer.
Arrivée dans une petite ville côtière, elle fait la connaissance de la boulangère Osono qui ne tarde pas à lui proposer un emploi de livreuse à balai…

▸ *Recette page 45.*

LOCKWOOD & CO.

Depuis plusieurs décennies, le Problème a fait son apparition, bouleversant la vie quotidienne des vivants. Les morts ne veulent pas le rester et, dès la tombée de la nuit, spectres, fantômes et esprits en tous genres errent et hantent les lieux peu ou mal protégés. Pour lutter contre ce fléau, des enfants et des adolescents dotés de talents spéciaux sont embauchés car eux seuls peuvent localiser et éradiquer définitivement les défunts. À Londres, la toute jeune agence Lockwood & Co., avec ses méthodes peu conventionnelles et son équipe de choc, commence à faire parler d'elle. Elle est composée d'Anthony, le bretteur téméraire, de George, le chercheur génial, et de la dernière recrue Lucy, seule Talent de son genre, capable de converser avec les esprits de Type 3…

▸ *Recettes pages 92, 185.*

HARRY HOUDINI

L'un des plus fameux prestidigitateurs de tous les temps ! Harry Houdini s'est rendu célèbre à la toute fin du XIXe grâce à ses talents d'illusionniste, faisant disparaître des gens ou des objets (même un éléphant !), avant de les faire réapparaître un peu plus loin. Jouant avec les mécanismes des serrures, la pression de l'eau, sa grande spécialité était d'échapper à peu près à n'importe quel cadenas. Un jour, il paria avec la police être capable de s'évader de la prison locale, ce qui lui prit... trois minutes !

▸ *Recettes pages 50, 118.*

JUMANJI

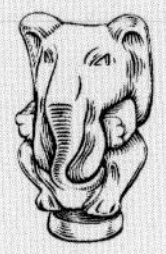

Dans le sous-sol de leur lycée, quatre élèves découvrent une vieille console contenant un ancien jeu inconnu. En voulant le tester, ils se retrouvent propulsés et piégés à l'intérieur de la jungle de Jumanji, dans laquelle ils deviennent leur propre avatar et font la connaissance d'un personnage, coincé dans le jeu depuis 20 ans. Parviendront-ils à regagner le monde réel ou resteront-ils coincés dans l'univers de Jumanji, à affronter ses dangers pour toujours... ou jusqu'à ce que leurs trois vies soient écoulées ?

▸ *Recettes pages 34, 128.*

LA MAISON CHAPELIER

Un grain de folie et de la magie au bout des doigts ! Tel est la devise de la famille Chapelier, qui fabrique des chapeaux magiques depuis... on ne sait plus quand. Alors, lorsque, de retour d'une lointaine expédition, le navire de son père disparaît, sa fille Cordélia se fait la promesse de le retrouver.
Aidée de son amis Lucas, de la Maison des Bottier, de Sam, un jeune orphelin, Cordélia remue ciel et terre, déjoue manœuvres et complots pour réunir sa famille et sauver le royaume.

▸ *Recettes pages 39, 79.*

MARY POPPINS

Avec son parapluie-perroquet, son chapeau orné de cerises, son sac en tapisserie, son célèbre sourire et ses excellentes références, Mary Poppins semble la nounou la plus respectable qu'il soit. Appelée dans la famille Banks pour prendre soin des enfants, elle applique des méthodes personnelles et fort peu communes.
Si elle emmène les enfants au parc, elle les fait entrer dans les tableaux crayonnés par son ami Bert et vivre tout une journée des aventures dans un univers féerique. Une visite à un vieil oncle se finit à rire en prenant le thé au plafond et une innocente promenade à danser en une gigue endiablée sur les toits de Londres.

▸ *Recettes pages 43, 121, 136.*

MERCREDI

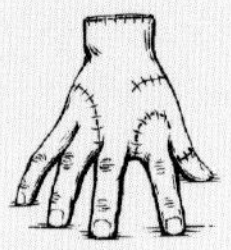

Après avoir été expulsée d'un ultime établissement scolaire classique, Mercredi Addams est envoyée (la mort dans l'âme) à la Nevermore Academy, où ses parents ont autrefois résidé. Peu après son arrivée, et alors que Mercredi doit s'adapter à sa nouvelle vie ainsi qu'à des camarades aussi différents qu'elle – loups-garous, sirènes, mais aussi vampires et médiums –, une vague de meurtres inexpliqués s'abat sur la petite ville. Bien décidée à ne pas se faire d'amis mais toutefois intriguée par ces événements qui semblent liés à ses visions, Mercredi, aidée par La Chose, mène l'enquête afin de lever le voile sur les mystères entourant Nevermore.

▸ *Recettes pages 33, 140, 148, 179.*

MERLIN L'ENCHANTEUR

Merlin, dit « l'Enchanteur » figure comme l'un des sorciers les plus fameux de tous les temps. Magicien fantasque et susceptible, connaissant tout sur tout, commandant aux éléments comme aux animaux, amateur de jeux et de facéties, métamorphe et astronome… il semble en outre indifférent au passage des siècles, prenant tour à tour l'apparence d'un enfant ou d'un vieillard.

Infatigable voyageur du temps, ses escapades dans le passé comme dans le futur sont bien utiles pour prédire ou expliquer les événements. Parmi ses hauts faits, on peut citer la construction de Stonehenge, l'accession au trône du roi Arthur et de sa fameuse épée Excalibur, ainsi que la création de la célèbre Table Ronde.

▸ *Recette page 99.*

NOËL

Magie de la joie et du partage, l'esprit de Noël est la plus pure et merveilleuse des magies, celle qui fait briller les yeux des enfants, sages ou moins sages. Qu'il s'agisse des fêtes païennes célébrant à la fois le plus profond de l'hiver et le retour de la lumière, ou célébrations religieuses mettant la résurrection à l'honneur, Noël marque chaque année une période pétillante. Et est-il nécessaire de parler du Père Noël… Quoi de plus magique qu'un vieil homme consacrant son année à créer des cadeaux, qu'il distribuera en une seule nuit à tous les enfants de la Terre ?

▸ *Recette page 91.*

NOSTRADAMUS

Michel de Nostredame, plus connu sous le nom de Nostradamus, était un médecin, apothicaire et astrologue du XVIe siècle. Ce familier de la grande reine Catherine de Médicis, nommé médecin et conseiller du roi, s'intéressa aussi à l'alchimie végétale, notamment aux confitures qui guérissent, et publia en sus de ses autres activités un traité sur ce sujet. Mais, bien entendu, il est passé à la postérité grâce à ses fameuses *Prophéties*, prédictions portant sur la marche du monde pour les siècles à venir.

▸ *Recette page 52.*

LE MONDE DE NARNIA

Dans *L'Armoire magique*, le monde de Narnia plie sous le joug de Jadis, plus connue sous le nom de Sorcière blanche. La terrible magicienne mi-djinn mi-géante a fait en sorte que ce soit « toujours l'hiver et jamais Noël ». Heureusement, bien des êtres luttent contre son pouvoir maléfique : élégants faunes et puissants centaures, mais aussi humbles castors et intrépides filles d'Ève et fils d'Adam. Combattue par Peter, Susan, Edmund et Lucy Pevensie, elle sera vaincue après moult péripéties par le lion Aslan, au terme de la fort célèbre bataille de Beruna, qui verra renaître l'âge d'or du monde de Narnia.

▸ *Recettes pages 112, 143.*

NICOLAS FLAMEL

Écrivain, libraire, alchimiste et homme de bien, Nicola Flamel naquit à Paris vers 1335. Son aisance et sa fortune firent naître la rumeur qu'il avait résolu le mystère de la transmutation des métaux en or en créant la pierre philosophale.

Il est présent dans l'univers de Harry Potter dans le premier tome de la série, *Harry Potter à l'école des sorciers*, sa pierre philosophale permettrait à Voldemort de recouvrer l'intégralité de ses pouvoirs.

▸ *Recette page 185.*

LA PÂTISSERIE BLISS

Sous les dehors discrets de sa pâtisserie nichée dans la petite ville de Calamity Falls, la famille Bliss cache un secret très ancien : un livre de recettes magiques. Le jour où Rose, Oliver, Origan et Nini se retrouvent seuls à tenir la boutique, ils se lancent dans des recettes aux résultats inattendus qui vont mettre la petite ville sens dessus dessous.

Plus tard, la mystérieuse tante Lily apparaît à point nommé pour leur venir en aide… Mais leur charmante tante est-elle si bienveillante envers les Bliss que son irrésistible sourire veut bien le laisser croire ?

▸ *Recettes pages 40, 42, 157.*

PEAU D'ÂNE

Une reine tendrement aimée mourut un jour en faisant promettre au roi qu'il ne se remarierait qu'avec une femme dont la beauté surpasserait la sienne (la reine était fort sage car, en faisant cela, elle pensait écarter le risque de voir son enfant chérie tomber entre les griffes d'une marâtre). Les années passèrent et le roi tenait sa promesse tandis que la petite princesse grandissait et devenait de plus en plus belle, encore plus que sa mère. Au point qu'un beau jour, le roi décida de l'épouser. Afin d'éviter cela, la fée, marraine de la princesse, lui conseilla de demander des choses impossibles à son père. Jusqu'au jour où, en désespoir de cause, la princesse s'enfuit dans la forêt en se faisant passer pour une humble paysanne vêtue d'une peau d'âne…

▸ *Recette page 160.*

LA PETITE SIRÈNE

Dans son royaume de coquillages et d'animaux marins, la princesse Ariel s'ennuie. En dépit de toutes les mises en garde de son père, elle va tomber sous le charme du prince Éric, qu'elle sauve de la noyade. Cédera-t-elle aux tentations de la terrible sorcière des mers Ursula, qui lui propose de transformer sa queue de sirène en échange de sa voix cristalline ? Ce récit, initié par Hans Christian Andersen, explore les méandres des amours impossibles.

▸ *Recettes pages 26, 67, 171.*

SABRINA

Sabrina Spellman est tout à fait normale... si ce n'est que son père était un sorcier ! Orpheline, elle est élevée par ses deux tantes, Hilda et Zelda, en compagnie de son cousin Ambrose et de son chat (noir évidemment), Salem. Si elle se rend tous les jours au lycée, elle doit, à l'aube de ses seize ans, choisir entre rester simple mortelle ou être baptisée afin de devenir membre de l'Église de la nuit. Rester fidèle à ses amis, ou les délaisser pour se consacrer à ses nouveaux pouvoirs et aux membres de l'Église, c'est le choix auquel sera confrontée Sabrina lorsqu'elle apprendra qu'elle est l'Élue destinée à ramener Satan sur Terre...

▸ *Recettes pages 74, 77, 176.*

LA TERRE DU MILIEU

Avant les Hobbits furent les Halflings, peuple paisible de semi-hommes qui aimaient mener une vie simple, raisonnable et déjà fort gourmande. Observés sans le savoir par les elfes, les passages de Galadriel ou les réflexions d'Elrond leur restèrent totalement étrangers durant des siècles, pour ne pas dire des millénaires... jusqu'à la réapparition d'un certain anneau de pouvoir qui poussa l'un des leurs, un certain Bilbo Sacquet, à partir à l'aventure, loin de chez lui et sans mouchoir !

▸ *Recettes pages 111, 147.*

THÉODOSIA

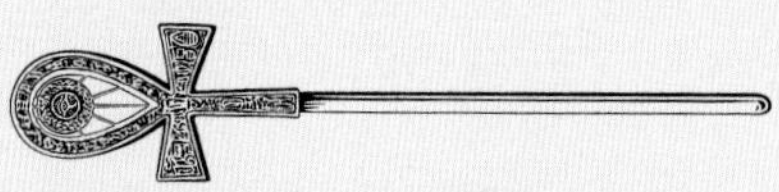

Dans le Londres de 1906, rejoignez les aventures mouvementées de Théodosia Throckmorton, fille de deux éminents égyptologues. Passionnée d'archéologie, curieuse et intrépide, en compagnie de son frère Henry, de leur ami Will, magicien des rues, et de Safiya, une véritable princesse égyptienne, ils veillent sur l'Œil d'Horus et déjouent les complots de l'Ordre de Thot.

▸ *Recettes pages 73, 137.*

SACRÉES SORCIÈRES

Vous l'ignoriez peut-être mais les sorcières vivent parmi nous. Leur but ultime ? Éradiquer les enfants de la surface du globe à l'aide de procédés tout à fait discutables telle une potion les transformant en souris car ils « puent comme du caca de chien ». Rassurez-vous cependant, il n'est pas si difficile de les repérer. Les sacrées sorcières se grattent souvent le crâne (à cause de leur perruque), leurs narines sont larges (pour mieux renifler les enfants), elles portent des gants (pour dissimuler leurs griffes), leurs pieds sont dépourvus d'orteils et leur salive est aussi bleue que de l'encre. Ah oui ! Leur chef est la Grandissime, si vous la croisez, méfiez-vous !

▸ *Recettes pages 46, 117.*

STRANGER THINGS

1983, Hawkins, Indiana. Quand Will Byers disparaît de chez lui sans laisser de traces, hormis son vélo, ses amis tentent par tous les moyens de le retrouver. Guidés par une mystérieuse jeune fille aux pouvoirs psychiques, Eleven, ils explorent les mystères de cette petite ville en apparence tranquille.

À la même période, les alentours sont le théâtre de phénomènes surnaturels liés au Laboratoire national de Hawkins, géré à la fois par le Département de l'énergie et par la CIA, dont les expériences dans le cadre du Projet MK-Ultra ne seraient peut-être pas étrangères à la disparition de Will.

▸ *Recettes pages 80, 108, 150.*

TROLLS

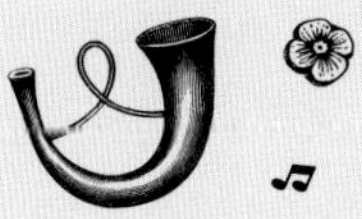

Identifiables au premier coup d'œil grâce à leur crête de cheveux fluo et magiques, les trolls sont des créatures joviales, excentriques et totalement fans de musique. Hélas, tout n'est pas rose fuchsia au pays des cupcakes et Poppy, Branche et leurs amis doivent affronter de terribles épreuves. Comme lorsque Barb et Trash veulent annihiler tous les styles de musique afin que le hard-rock seul subsiste ou que John Dory, le frère caché de Branche, tente de le convaincre de reformer Brozone, leur ancien groupe de pop…

▸ *Recettes pages 56, 122.*

VAIANA

Attirée depuis toujours par le bleu-lumière de l'océan, Vaiana brave les ordres de son père, le chef du village, lorsque les ressources viennent à manquer sur son île, pour aller quérir l'aide de Maui, le demi-dieu. Accompagnés de Hey-hey le poulet, Vaiana et Maui partent à la recherche de l'hameçon magique du demi-dieu, qui lui seul pourra leur permettre d'affronter Te Kâ, afin de rendre son cœur à la bienveillante Te Fiti, déesse de la nature.

▸ *Recettes pages 85, 168.*

WILLOW

Willow Ufgood est un Nelwyn (humain de petite taille) vivant modestement avec sa famille dans une petite ferme tout en caressant l'espoir de devenir un jour un grand sorcier. Un matin, ses enfants trouvent un bébé humain au bord de la rivière. Le conseil du village lui confie alors la mission de mener la petite fille à la croisée des chemins et de la confier au premier daïkini (humain) rencontré. C'est ainsi que Willow fait la connaissance de Madmartigan, mercenaire peu recommandable mais excellent guerrier. Délivrant au passage la fée Fin Raziel, qui lui enseigne l'art de la magie, Willow et Madmartigan mènent Elora vers son destin : briser le règne de la tyrannique Bavmorda.

▸ *Recettes pages 30, 78, 175.*

THE WITCHER

Adaptée de la saga *Le Sorceleur* d'Andrzej Sapkowski, The Witcher conte les destins épiques de Geralt de Riv, le Sorceleur, de Yennefer de Vengerberg, la magicienne et de Ciri, la princesse de Cintra. Dans le vaste monde du Continent où vivent humains, gnomes, sorciers, elfes et monstres, où le bien et le mal ne font parfois qu'un, et où la magie est partout, chacun se bat pour survivre.

▸ *Recettes pages 144, 180.*

YAKARI & POCAHONTAS

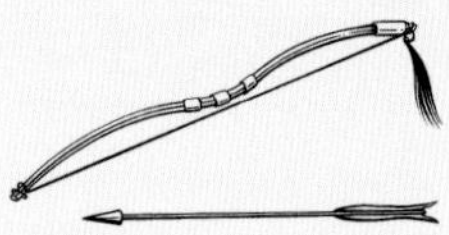

Alors que la migration de sa tribu sioux est imminente, le jeune Yakari part en exploration dans la grande prairie. Sur le chemin qu'il espère mener à Petit-Tonnerre, le mustang réputé indomptable, le jeune garçon rencontre son animal-totem, Grand Aigle, qui lui offre une plume lui donnant le pouvoir de comprendre les animaux…

Pouvoir partagé dans une certaine mesure par Pocahontas, fille des Powhatans, qui lutte pour éviter la guerre entre son peuple et les premiers colons… et faire découvrir à ces derniers les beautés que nous offre la nature et à quel point nous lui sommes redevables et devons la protéger…

▸ *Recettes pages 60, 156.*

43, RUE DU VIEUX CIMETIÈRE

Quoi de mieux qu'une vieille maison adjacente à un cimetière pour venir y trouver calme et inspiration, après 20 ans sans écrire ? C'est ce que s'est dit l'éditeur d'Ignace Bronchon, écrivain ronchon de son état. C'est sans compter la cohabitation avec le fils des propriétaires, le jeune Lester Perrance, son chat Mystinoir et surtout le fantôme de l'ancienne propriétaire, Adèle ! Il va devoir composer avec leurs facéties pour retrouver l'inspiration.

▸ *Recettes pages 89, 153.*

AVANT-PROPOS

Chers lecteurs et lectrices bien-aimés,
après la parution de *La Pâtisserie des Sorciers*, je pensais qu'il n'y avait plus rien à ajouter, et que ce sujet, traité avec gourmandise et beauté, appartenait alors au passé. Je ne voulais pas faire le livre de trop au risque de tout gâcher.

Et puis le Covid s'est invité dans nos vies. En bouleversant nos habitudes, cette période nous a poussés à nous interroger sur ce que nous désirions réellement dans la vie. Lorsque les multiples épisodes furent un peu apaisés, tout autour de moi, le moral était en berne. C'est alors que de petites phrases ont commencé à jaillir ici et là. Éparses, timides et discrètes au début, comme des graines semées à la volée, puis de plus en plus insistantes. Famille et amis me demandaient si *vraiment-pour-de-vrai* la série des Sorciers était finie *définitivement-pour-toujours*.

Et c'est ainsi que les graines se mirent à germer et que l'idée d'un nouveau livre sur les Sorciers prit racine.

J'avais toujours à l'esprit ces recettes qui n'avaient pas trouvé leur place dans les précédents volumes : trop ceci ou pas assez cela. Il y avait aussi ces univers qui n'avaient pas été abordés. Mais était-ce suffisant pour relancer l'aventure ?

Puis il y eut la déferlante *Mercredi*, et on annonça la sortie d'un prochain *Donjons & Dragons*, alors même que je dévorais *Le Fantôme de la Chocolaterie*. Comment résister ? Les idées se sont mises à jaillir en tous sens et, peu après, ma formidable éditrice et moi discutions avec enthousiasme de ce nouvel opus tandis que la talentueuse Nassira (troiscoeursgourmands.com) proposait de créer rien-que-pour-vous les magnifiques pièces de Mercredi et de Frankenstein.

Dans ce nouveau volume, part belle est faite aux vilains (Jafar, les sœurs Sanderson d'*Hocus Pocus*, les Mangemort...), aux marginaux (Mercredi Addams, Lockwood and Co., Sabrina dans ses nouvelles aventures...) et aux créatures (Dragons, La Chose...). Une pincée de blockbusters (Jumanji, Dr. Strange), sans oublier les vieux amis (Peau d'Âne, Astérix, Willow) et je vous invite à partir à la découverte de nouveaux univers, qui, je le souhaite, vous émerveilleront autant que moi (*La Maison Chapelier*, *Le Fantôme de la Chocolaterie* ou le *43, Rue du Vieux Cimetière*).

Des années, il y en a des bonnes et des mauvaises, mais c'est dans les temps difficiles que le monde a besoin de rêver. Alors, ouvrez grand les yeux pour trouver la magie qui vous entoure et ne demande qu'à être révélée. Comme le dit si bien la cuisinière de la Maison Chapelier : « La cuisine, c'est aussi de la magie, car un bon petit plat peut guérir bien des maux ! »

Aurélia Beaupommier

CHAPITRE I

BOUCHÉES & FRIANDISES

ÉNERGIE DE POCHE

Afin d'éviter l'échec critique dès le premier lancer de dé, ces barres énergétiques vous seront d'un précieux secours. Intégrez-les sans attendre à votre équipement : la magie, c'est bien pratique, mais rien de tel qu'une besace bien pourvue en fruits secs pour parer aux attaques des plus fourbes démons.

INGRÉDIENTS

Pour 20 barres environ

20 cl de lait entier
125 g de beurre
75 g de sucre
4 cuil. à soupe de cacao non sucré
60 g d'amandes
1 cuil. à soupe d'huile neutre

PRÉPARATION • 10 min ◆ CUISSON • 10 min ◆ REPOS • 1 h

◆ Faites léviter le lait, le beurre, le sucre et le cacao jusqu'à la casserole.

◆ Fouettez énergiquement et portez à feu vif jusqu'à l'apparition des premières bulles (pour les mages, druides et sorciers de Classe I : allez-y doucement au risque de devoir refaire la cuisine).

◆ Réduisez aussitôt le feu et laissez cuire 30 minutes environ jusqu'à ce que la pâte épaississe.

◆ Otez la casserole du feu et laissez refroidir le temps de briser les amandes en gros morceaux (opération recommandée pour les paladins, guerriers et berserkers débutants).

◆ Ajoutez-les au mélange et touillez à nouveau. Tapissez une plaque à pâtisserie (ou utilisez celle du four) avec une feuille de papier cuisson et huilez-la légèrement à l'aide d'un pinceau (note : l'usage de la besantine est ici déconseillé).

◆ Étalez ensuite la pâte à hauteur d'une main de gobelin (2 cm environ), lissez et laissez reposer au moins 1 heure au frais.

◆ Découpez ensuite en barres de la taille de votre gourmandise en utilisant l'ustensile tranchant, coupant, tailladant de votre choix (mais faites attention à vous quand même).

AMOURS DE POMMES

Si nos trois sorcières ont quelques menus défauts, comme celui de vouloir systématiquement du mal à ceux qui les entourent, elles ont quand même leur péché mignon : la gourmandise. Le parfum des pommes d'amour embaume toujours lorsque Winifred, Sara et Mary sont dans les parages. Attention, peut-être sont-elles envoûtées ? À vous de prendre le risque…

PRÉPARATION • 10 min ◆ CUISSON • 10 min ◆ REPOS • 15 min

◆ À l'abri de votre chaumière, invoquez quelques éclairs histoire d'y voir plus clair, puis ouvrez votre grimoire. Rincez les pommes, ôtez les queues et plantez les bâtonnets de bois en les enfonçant bien solidement jusqu'à leur cœur.

◆ Appuyez fermement sur le citron et roulez-le sous la paume de votre main, puis coupez-le en deux et récoltez son jus.

◆ Dans un chaudron aussi noir que votre âme, faites fondre le fructose avec le jus de citron et portez à ébullition.

◆ Lorsque le caramel est doré mais non encore cuivré, ajoutez 3 gouttes de colorant de chaque couleur, SANS REMUER !!!

◆ Retirez le chaudron du feu ou faites-le léviter sans vous brûler, c'est chaud ! (Au pire, ordonnez à Billy Butcherson de le faire, après tout, il ne craint plus rien puisqu'il est déjà mort.) Trempez les pommes dans le caramel en les plongeant complètement dans les volutes de sucre bleu, rouge et violet.

◆ Déposez sur une assiette recouverte de papier cuisson et laissez refroidir totalement jusqu'à ce que le caramel soit aussi sec que votre balai (ou votre aspirateur).

INGRÉDIENTS
Pour 4 pommes d'amour

<u>Matériel</u>
4 rameaux consacrés ou 4 batônnets de bois

4 pommes granny-smith
1 citron
500 g de fructose (rayon diététique)
Colorants alimentaires : rouge et bleu

CHURROS DEL DÍA DE MUERTOS

Lors de la fête des Morts, il est indispensable de garnir l'autel des anciens avec des souvenirs, des photos et de la nourriture. Quoi de mieux que de délicieux et croustillants churros pour ravir nos ancêtres ? D'ailleurs, ce squelette croisé par Miguel à la douane du Pays des Morts ne s'y est pas trompé : l'assiette de churros qu'il transporte nous fait saliver, même de l'autre côté de l'écran…

INGRÉDIENTS
Pour 4 gourmand·e·s, environ 12 churros

Matériel
1 friteuse
1 paire de ciseaux de cuisine

200 ml d'eau tiède
1 pincée de sel
200 g de farine
Sucre glace

PRÉPARATION • 30 min ◆ CUISSON • 40 min

◆ Préchauffez la friteuse à 170 °C. Faites chauffer l'eau et le sel dans une casserole à feu moyen.

◆ Lorsque l'eau bout, retirez la casserole du feu. Versez la farine en une seule fois et mélangez vivement à la cuillère en bois jusqu'à ce que l'ensemble soit bien homogène. Remettez au feu pour faire sécher la pâte 3-4 minutes sans cesser de remuer (la pâte doit former une boule moelleuse, ni trop collante ni trop dure).

◆ Mettez la pâte dans une poche munie d'une douille cannelée. À défaut, utilisez un sac de congélation bien solide (doublez-le si besoin), et découpez un des angles.

◆ Placez la poche à douille au-dessus du bain de friture. Pressez doucement la poche pour faire sortir un boudin de pâte de 10-12 cm. Coupez le boudin de pâte et faites-le colorer quelques minutes. Retournez-le et poursuivez la cuisson jusqu'à ce que le churro soit d'un joli blond doré sur toutes ses faces.

◆ Recommencez jusqu'à ce que vous ayez utilisé toute la pâte (ne faites pas cuire trop de boudins en même temps, sinon ils risqueraient de se coller entre eux). Récupérez les churros à l'aide d'une écumoire, égouttez-les rapidement sur du papier absorbant puis saupoudrez-les de sucre glace.

◆ À déguster sans attendre, bien chauds et croustillants en vous souvenant des bons moments passés avec les Anciens qui vous sont chers.Lorsque le caramel est figé, découpez-le à l'aide de l'emporte-pièce de votre choix et conservez au frais.

BAGUETTES MAGIQUES PÉTILLANTES

Concoctées par Clochette à partir de sa très secrète poussière de fée, ces sucettes peuvent vous emporter dans des voyages aériens inoubliables ! Toutefois, veillez à être en bons termes avec Clochette avant d'y goûter : elle est rancunière et pourrait bien y avoir glissé un mauvais sort…

INGRÉDIENTS

Pour 25 sucettes

Matériel

25 bâtonnets en bois

Pour le biscuit

130 g de farine
50 g de fécule de maïs
½ sachet de levure
3 œufs
80 g de sucre en poudre
120 ml de crème entière liquide
125 g de pâte à tartiner (voir recette de Willy Wonka, p. 64)

Pour le glaçage

150 g de chocolat blanc
20 g de sucre pétillant
Colorant alimentaire vert

PRÉPARATION • 25 min ◆ CUISSON • 25 min ◆ REPOS • 30 min

◆ Préchauffez le four à 180 °C (th. 6). Dans un bol, tamisez puis mélangez la farine, la fécule et la levure.

◆ Dans un second saladier, brisez les œufs, récupérez les morceaux de coquilles, et ajoutez le sucre. Battez avec enthousiasme puis versez la crème.
Mélangez et ajoutez aux farines.

◆ Versez la pâte dans un moule et enfournez pour 25 minutes. Laissez refroidir 30 minutes et démoulez.

◆ Brisez le gâteau dans une jatte, émiettez-le grossièrement et ajoutez la pâte à tartiner. Mélangez sans engluer vos ailes. Lorsque le mélange est homogène et souple, formez de petite boules de la taille d'une tête de fée (ou d'une noix) et réservez au frais.

◆ Faites fondre le chocolat au bain-marie. Ajoutez quelques gouttes de colorant jusqu'à obtenir la couleur parfaite de la robe la plus tintinnabulante des fées.

◆ Trempez les bâtons dans le chocolat, piquez une boule de gâteau dessus et plongez la sucette entièrement dans le chocolat.

◆ Laissez couler l'excédent de chocolat et tapotez le bâton pour bien répartir le chocolat et lisser la sphère. Saupoudrez de sucre pétillant et de poussière de fée avant de partager avec les enfants perdus de votre choix.

FRITURE DE SOUS LES OCÉANS

Ce n'est pas qu'Ursula soit si méchante, affreuse ou machiavélique. Que nenni, elle est juste très respectueuse des contrats. C'est pourquoi, lorsqu'une sirène ou un triton ne respecte pas ses engagements, elle n'a aucun scrupule à les transformer en délectable friture…

PRÉPARATION • 15 min ◆ CUISSON • 5 min ◆ REPOS • 2-3 h

INGRÉDIENTS • Pour 30 petits poissons, crabes et crustacés

Matériel
Quelques petits moules à chocolat en forme d'animaux marins (en plaque ou individuels)
1 thermomètre de cuisson

1 plaquette de chocolat noir
1 plaquette de chocolat au lait
50 g de billes de chocolat croustillantes
80 g de noisettes, amandes ou noix
80 g de fruits secs en mélange

◆ Commencez par tempérer les chocolats en posant deux chaudrons sur des bains-marie disposés sur des sources d'eau chaude.

◆ Brisez les tablettes à gros coups de tentacules et déposez les morceaux dans chacun des récipients, l'un pour le chocolat noir, l'autre pour celui au lait.

◆ Tempérez le chocolat selon ces courbes de températures :
• pour le chocolat noir : montez à 50-55 °C, descendez à 28-29 °C et utilisez-le à 31-32 °C ;
• pour le chocolat au lait : montez à 45-50 °C, descendez à 27-28 °C et utilisez-le à 29-30 °C.

◆ Pendant que les différents chocolats fondent, concassez les noix, noisettes ou amandes en morceaux aussi petits que l'espoir qu'ont les tritons de vous échapper. Découpez de même les fruits secs en morceaux de la taille de la fossette créée par votre rictus (3 mm).

◆ Lorsque les chocolats sont fondus, répartissez les fruits et les noix à votre convenance. Mélangez et vérifiez la température si besoin.

◆ Répartissez dans les moules, parsemez de billes croustillantes et laissez refroidir au moins 2 heures dans un endroit frais mais pas froid. Admirez votre œuvre puis dévorez-la dès que la fantaisie vous en prendra !

GUIMAUVES AU SIROP D'ÉRABLE

Étudier dans une école de magie n'est pas tous les jours facile. Alors, si comme Amandine, vous avez parfois un peu de mal avec votre vie de tous les jours — aussi magique soit-elle —, faites comme elle et dégustez un sachet de guimauves avec vos ami·e·s.

INGRÉDIENTS •
Pour 40 guimauves environ

Matériel
1 thermomètre de cuisson
1 moule carré ou rectangulaire de 22 x 30 cm environ

15 g de gélatine en poudre
250 ml de sirop d'érable
80 ml d'eau
Sucre glace

PRÉPARATION • 15 min ◆ CUISSON • 15 min ◆ REPOS • 12 h

Astuce du Pr Joliedodue : tapissez votre moule de papier sulfurisé et saupoudrez-le de sucre glace pour éviter que la pâte n'adhère au moule.

◆ Délayez la gélatine dans un grand bol d'eau froide et réservez. Versez le sirop d'érable dans un chaudron (aussi appelé « casserole » chez les humains), choisissez un modèle haut car le sirop va augmenter de volume et risque de déborder, ce que le Pr Batonsec n'apprécierait pas du tout.
Portez à ébullition sur feu moyen en vérifiant la température à l'aide de votre thermomètre jusqu'à atteindre 115 °C.

◆ Pour savoir si votre sirop est cuit, versez 1 goutte dans un verre d'eau et patientez 10 secondes. Si une bille ferme mais encore malléable s'est formée, c'est gagné !

◆ Demandez alors de l'aide à Miss Ducharme (ou à un adulte de bonne volonté). Ôtez la casserole du feu et versez le sirop d'érable dans le bol de gélatine tout en mélangeant doucement et avec précaution pour ne pas vous brûler. Fouettez ensuite jusqu'à ce que votre mixture devienne épaisse, lustrée et ait doublé de volume.

◆ Versez alors dans le plat, lissez à la spatule et laissez reposer à température ambiante toute une nuit si votre gourmandise vous le permet.

◆ Le lendemain, déposez la pâte durcie sur un plan saupoudré de sucre glace, décollez le papier, puis détaillez des cubes selon la taille désirée. Roulez les guimauves dans le sucre afin que les côtés ne collent plus à vos doigts et dégustez près de la mare de M. Tremblepierre avec vos meilleurs amis. À consommer dès que l'aventure vous appelle !

SUCETTES POUR VAMPIRES

Aaah, 118 ans, le bel âge ! Pas encore vraiment adulte, plus vraiment un enfant... Pour fêter ça, qu'est-ce que son Papa Drac a préparé à sa Mavis chérie et à tous ses invités ? Ses sucettes favorites ! Pour cette version, le sang frais a été remplacé par des ingrédients plus « humains » : à l'Hôtel Transylvanie, on prend soin du régime alimentaire des hôtes !

INGRÉDIENTS •
Pour 8-10 sucettes

Matériel

1 moule à sucettes
10 bâtons
1 thermomètre à sucre

40 ml de neige fondue (ou d'eau)
1 cuil. à café de miel liquide
150 g de sucre
60 g de sang de fraise (ou de grenadine, ou de votre choix)
Le jus d'1 citron

PRÉPARATION • 10 min ◆ CUISSON • 5 min ◆ REPOS • 30 min

◆ Placez une petite assiette dans la neige transylvanienne ou au congélateur.

◆ Versez l'eau dans un chaudron de petite taille, sur feu doux, ajoutez le miel et délayez le sucre en touillant (le sucre est réfractaire, il ne fond pas même si vous l'hypnotisez, c'est cruel, mais c'est ainsi).

◆ Ajoutez le sang de votre choix : Mavis a-do-re celui de fraise, Murray la Momie celui de menthe, pour Frankenstein, c'est la pêche, etc.

◆ Portez à ébullition (idéalement autour de 145 °C). Ajoutez le jus de citron et laissez cuire 5 minutes.

◆ Pour savoir si le sirop est prêt : sortez l'assiette du froid, versez 1 goutte dessus et comptez jusqu'à 10 : la goutte doit être figée, sinon, prolongez la cuisson encore quelques instants.

◆ Versez dans les moules et placez les bâtons en les tournicotant pour être certain, dur comme fer, qu'ils sont bien enrobés. Laissez refroidir au moins 30 minutes avant de démouler.

Note : ces sucettes sont très appréciées de tous les clients de l'hôtel, elles peuvent même faire tenir les petits de Wayne-Garou en place plus d'un quart de milliseconde.

PRUNES DE VÉRITÉ

Alors que la compagnie pénètre dans Wildwood, ils se retrouvent nez à nez avec les Bone Reavers, francs-tireurs et anciens compagnons de Sorsha et de Willow. Captifs au début du repas, ils deviennent invités, et si l'ambiance se détend progressivement, c'est aussi parce qu'au cours du festin, tous se régalent de prunes de vérité qui assurent la franchise et la sécurité de tous.

PRÉPARATION • 45 min ◆ CUISSON • 1 h

◆ Faites cuire les pommes de terre 45 minutes dans de l'eau bouillante. Épluchez-les et écrasez-les pour les réduire en purée. Mélangez ensuite la purée avec l'œuf et la farine et travaillez jusqu'à obtenir une pâte compacte mais ne collant plus aux doigts (rajoutez un peu de farine si nécessaire).

◆ Étalez la pâte sur 2-3 mm d'épaisseur pour y couper des carrés de 6 cm de côté environ. Rincez les prunes, équeutez-les puis coupez-les en deux et ôtez les noyaux. Mélangez le sucre et la cannelle dans un petit bol, et versez au creux des prunes.

◆ Placez les fruits sur les carrés de pâte, côté bombé en dessous. Relevez les pointes de deux diagonales et pressez-les doucement afin qu'elle se referment au-dessus du fruit. Recommencez avec les deux autres pointes. Formez ensuite une boule en enfermant la pâte dans les mains et en roulant doucement.

◆ Portez une grande casserole d'eau à ébullition. Déposez une noisette de beurre dans une poêle, versez-y la chapelure et laissez-la torréfier 5-10 minutes jusqu'à ce qu'elle ait pris une jolie couleur brun doré.

◆ Plongez les boulettes de pâte dans la casserole, en veillant à ce qu'elles ne se collent pas les unes aux autres. Pochez-les 3-4 minutes jusqu'à ce qu'elles remontent à la surface, puis retournez-les et poursuivez la cuisson 2 minutes de plus. Égouttez rapidement, roulez dans la chapelure, saupoudrez de sucre glace et dégustez bien chaud.

INGRÉDIENTS •
Pour 4 Nelwyns

1 kg de pommes de terre à purée
1 œuf
400 g de farine
500 g de prunes
3 cuil. à soupe de sucre
1 cuil. à café de cannelle moulue
25 g de beurre
100 g de chapelure
Sucre glace

FUDGES DES PÈLERINS

Lors de la Journée du Lien (et Dieu sait que le lien, ce n'est pas le point fort de Mercredi), Mercredi Addams se trouve dans l'obligation de participer aux animations du Monde des Pèlerins de Jéricho. C'est ainsi qu'elle intègre l'équipe de la Caramellerie d'Antan où elle présente des fudges aux touristes, à sa manière bien à elle (sociopathe et cynique).

INGRÉDIENTS •
Pour 30 caramels

Matériel
Film étirable
1 moule carré de 22 cm environ, plus petit pour des fudges épais, plus grand pour des fudges plus minces

90 g de beurre
60 ml de lait
1 gousse de vanille
500 g de sucre
125 g de cacao en poudre
1 pincée de sel

PRÉPARATION • 10 min ◆ CUISSON • 15 min ◆ REPOS • 30 min

◆ Tapissez votre moule de film étirable. Faites fondre le beurre avec le lait dans une casserole à feu doux.

◆ Coupez la gousse de vanille en deux dans le sens de la longueur, puis grattez bien chaque morceau avec le dos de la lame d'un couteau pour récupérer un maximum de grains.

◆ Ajoutez les grains de vanille, le sucre, le cacao et la pincée de sel au contenu de la casserole. Mélangez sur feu moyen jusqu'à ce que l'ensemble devienne lisse et brillant. Si ce n'est pas le cas et que le mélange est bourbeux, ajoutez 1 cuillerée à soupe de lait. L'apparence et le parfum sont terriblement alléchants et vous donnent envie d'y goûter, là, maintenant, mais attention, c'est aussi très chaud. Prenez garde à vous, ne vous brûlez pas !

◆ Versez dans le moule et lissez si besoin à la spatule en silicone (le bois accrocherait). Laissez refroidir au moins 30 minutes, puis démoulez et découpez en carrés de 3 cm.

MOELLEUX À RISQUE D'EXPLOSION

Quand Fridge intègre le monde de Jumanji, il a la désagréable surprise d'apprendre que sa fiche de joueur le rend allergique aux petits gâteaux. Ou plus exactement : qu'il s'expose à exploser s'il en déguste. C'est un risque qui vaut le coup d'être couru !

PRÉPARATION • 10 min ◆ CUISSON • 16 min

◆ Préchauffez le four à 180 °C (th. 6). Battez les œufs et le sucre dans un saladier jusqu'à ce que le mélange blanchisse. Ajoutez alors la farine et la levure en les tamisant au rythme des tambours du jeu.

◆ Faites fondre le beurre de la manière qu'il vous plaira (au micro-ondes ou au soleil de midi, c'est selon). Puis versez-le ainsi que le miel et l'essence de clémentine dans la préparation précédente. Mélangez le tout avec assurance et surtout, surtout, un regard intense. Emplissez chaque alvéole du moule aux trois quarts.

◆ Faites cuire durant 10 minutes au milieu du four puis retournez la plaque (devant-derrière, pas dessus-dessous) et faites cuire 6 minutes de plus en bas du four. Les petits gâteaux doivent-être bien dorés, légèrement croustillants à l'extérieur et délicieusement moelleux à l'intérieur.

◆ Laissez refroidir autant que faire se peut avant de démouler et dégustez à vos risques et périls selon votre fiche de personnage.

Note : l'autrice décline toute responsabilité en cas d'explosion du joueur absorbé par l'univers de Jumanji.

INGRÉDIENTS •
Pour 12 petits gâteaux

Matériel
1 moule à madeleines

2 œufs
80 g de sucre
80 g de farine
½ sachet de levure chimique
80 g de beurre
1 cuil. à soupe de miel liquide
1 goutte d'huile essentielle de clémentine (ou de votre agrume favori)

TOURTES DE POCHE

Pour sortir de votre cachot, il vous faudra convaincre le comité de libération en contant votre histoire. Excellent·e barde que vous êtes, commencez ainsi : « Il fut un temps où j'étais honnête et heureux(se), un temps où je vivais avec ma famille dans notre chaumière, un temps où nous faisions des tourtes avec ma fille… »

INGRÉDIENTS •
Pour 8 tourtes

1 poire
2 figues fraîches (ou 3 sèches si hors saison)
60 g de sucre roux
40 g de fécule de maïs
4 noix
2 pâtes brisées du commerce
Le zeste de 1 citron bio
1 œuf pour la dorure

PRÉPARATION • 20 min ◆ CUISSON • 40 min

◆ Rincez les fruits, épluchez-les, ôtez les cœurs si nécessaire (mais sans les fendre car briser un cœur modifierait irrémédiablement votre alignement). Enfin, coupez-les en dés d'1 cm environ. Versez le tout dans une petite casserole, ajoutez le sucre et laissez compoter à feu doux durant 10 minutes environ (ou le temps de régler son compte à ce gobelin têtu). Ôtez la casserole du feu, saupoudrez de fécule, ajoutez le zeste, mélangez et laissez refroidir quelques instants.

◆ Brisez les coquilles de noix puis cassez les cerneaux en morceaux grossiers (avec un sort, une hallebarde ou autre en fonction de votre classe d'arme). Ajoutez-les aux fruits déjà présents dans la casserole et touillez le tout en chantant avec con-vic-tion.

◆ Préchauffez le four à 180 °C (th. 6). Étalez les deux pâtes et découpez 8 morceaux de taille identique dans chacune d'elles, soit 16 morceaux (formes au gré de vos désirs et selon les emporte-pièces dont vous disposez : pied de troll, oreille d'elfe, écuyer de paladin…).

◆ Déposez 1 cuillerée de mélange aux fruits au centre de 8 morceaux de pâte. Recouvrez avec un second morceau. Pressez légèrement les bords pour bien les faire adhérer entre eux.

◆ Pratiquez quelques légères entailles pour laisser s'échapper la vapeur (un poignard léger suffit ici, nul besoin d'employer une épée à deux mains). Badigeonnez d'œuf battu et enfournez pour 30 minutes jusqu'à ce que les tourtes soient bien dorées et délicieusement odorantes… À déguster avant d'aller faire votre ronde au cœur de la forêt.

BOUCHÉES À L'ANANAS

Après que Cordélia, Sam et Lucas ont sauvé le royaume, ils se retrouvent à la Maison des Guildes pour célébrer la victoire. Cachés sous une table, les amis se régalent d'ananas sous toutes ses formes car le roi Louis, grand amateur, en a envoyé d'énormes quantités en signe d'amitié.

INGRÉDIENTS •
Pour 4 bouchées

1 boîte de 500 g d'ananas
(environ 300 g égoutté)
½ cuil. à café d'extrait de vanille

Pour la pâte
180 g de farine
+ pour le plan de travail
60 g de sucre glace
1 pincée de sel
60 g d'huile de coco
80 ml de lait de coco
1 petit verre de lait pour la dorure

PRÉPARATION • 40 min ◆ CUISSON • 1 h

◆ Égouttez l'ananas, coupez-le en tranches puis en petits morceaux. Faites compoter les morceaux de fruits avec l'extrait de vanille, 30 minutes à feu doux et à couvert. Selon votre goût, mixez ou non.

◆ Tamisez la farine dans un saladier, ajoutez le sucre ainsi que la pincée de sel, l'huile et le lait de coco et pétrissez afin d'obtenir une pâte homogène.

◆ Préchauffez le four à 180°C. Séparez la pâte en 6 portions. Farinez le plan de travail et étalez le premier pâton sur 2 à 3mm d'épaisseur et 10 à 12 cm de diamètre. Déposez une généreuse cuillerée à soupe de compote au centre du disque. Humidifiez les bords avec un peu d'eau et rabattez les cotés pour former un chausson. Soudez les bords en appuyant délicatement à l'aide d'une fourchette (ou demandez à Jacques, la souris, de vous aider).

◆ Dorez avec un peu de lait, déposez sur une plaque garnie de papier cuisson et enfournez pour 30 minutes, jusqu'à ce que les chaussons soient d'un joli blond-doré. Dégustez chaud ou froid, à table ou caché sous la nappe...tant qu'il en reste !

RUGELACH DE PROMESSE SACRÉE

Comment Rose pourrait-elle faire confiance à sa tante Lily ? En dégustant avec elle ces excellents petits croissants, car selon le Grand Livre des Bliss, *une fois que l'on en a mangé, on ne peut plus revenir sur sa parole…*

PRÉPARATION • 30 min ◆ RÉFRIGÉRATION • 2 h ◆ CUISSON • 20-25 min

◆ Tamisez la farine dans un grand bol. Coupez le beurre et le fromage frais en petits morceaux, puis incorporez-les en les émiettant du bout des doigts jusqu'à obtenir une consistance sableuse. Ajoutez le jaune d'œuf et le sel et malaxez, puis séparez la pâte en quatre. Étalez ensuite chaque part sur un plan fariné pour former des bandes de 10 cm de large environ. Enveloppez de film alimentaire et placez au réfrigérateur 2 heures.

◆ Faites fondre le beurre au micro-ondes. Mélangez les noix, le beurre, le miel, la vanille, la cannelle et le sucre dans un grand bol.

◆ Étalez une bande de pâte sur 3 mm d'épaisseur. Saupoudrez le plan de travail de la moitié du sucre en poudre. Posez dessus la bande que vous saupoudrerez avec le reste de sucre. Disposez la garniture sur toute la surface.

◆ Suivant la taille de votre bande : vous devriez pouvoir la diviser en 6 ou 7 carrés. Coupez ensuite chaque carré de manière à obtenir des triangles. Formez les croissants en roulant les triangles, partez du côté large et achevez par la pointe.

◆ Tapissez une plaque de papier cuisson. Disposez les croissants pointe vers le dessous. Placez au réfrigérateur le temps de préchauffer le four à 200 °C (th. 6/7).

◆ Enfournez pour 20-25 minutes jusqu'à ce que les croissants soient bien dorés. Recommencez et régalez-vous.

INGRÉDIENTS •
Pour 28 petits croissants

140 g de farine
+ pour le plan de travail
110 g de beurre
110 g de fromage frais
(type St Môret®)
1 jaune d'œuf
1 pincée de sel
100 g de sucre en poudre

Pour la garniture
25 g de beurre
90 g de noix hachées
2 cuil. à soupe de miel
1 cuil à café d'extrait de vanille
1 cuil à café de cannelle moulue
2 cuil à soupe de vergeoise

GEDALGE

BOUCHÉES AU CITRON

Lorsqu'elle est kidnappée par la Corporation des Véritables Petits Gâteaux, organisation qui empoisonne la planète à l'aide de pâtisseries industrielles et addictives, Rose utilise les recettes du Grand Livre des Bliss *pour les contrer. La* crème parentale *pour éradiquer la haine et la discorde s'avère particulièrement efficace.*

PRÉPARATION • 30 min ◆ CUISSON • 20 min

◆ Rincez le citron, prélevez les zestes, ôtez les parties blanches, blanchissez-les 5 minutes dans une casserole d'eau bouillante puis égouttez et hachez-les très finement.

◆ Brisez les œufs, séparez les jaunes des blancs. Réservez les blancs. Fouettez les jaunes dans un grand bol. Dans une casserole, délayez la fécule dans l'eau, ajoutez le sucre et portez à ébullition sans cesser de mélanger. Lorsque les premières bulles apparaissent, ôtez du feu et versez votre sirop petit à petit sur les jaunes d'œufs tout en fouettant énergiquement. Procédez doucement : si vous allez trop vite, la chaleur du sirop cuira les jaunes. Filtrez si besoin puis versez la crème dans la casserole que vous remettrez à feu très doux. Continuez de fouetter jusqu'à ce que la préparation commence à épaissir. Retirez la casserole du feu. Ajoutez les zestes et le jus de citron puis le beurre, morceau par morceau, en remuant doucement jusqu'à ce que la préparation ait refroidi.

◆ Préchauffez le four à 180 °C (th. 6). Étalez les pâtes et découpez 24 cercles de 8 cm de diamètre environ. Insérez les disques dans les alvéoles des moules et enfournez pour 15-20 minutes jusqu'à ce que la pâte soit d'un joli blond doré.

◆ Emplissez chacun des fonds de tarte de crème au citron. Battez les blancs d'œufs avec le sel en les fouettant doucement puis de plus en plus vite pour obtenir une neige très ferme. Ajoutez le sucre glace en le saupoudrant et continuez à battre jusqu'à ce que la meringue forme une pointe en « bec d'oiseau » au bout du fouet. Répartissez la meringue sur les bouchées au citron.

◆ Juste avant de servir, colorez la meringue en plaçant les petits gâteaux quelques minutes sous le gril du four.

Note : voir photo page 41.

INGRÉDIENTS •
Pour environ 20 bouchées

Matériel
1 moule à mini-muffins en silicone

1 citron
4 œufs
80 g de fécule de maïs
375 ml d'eau
330 g de sucre
125 ml de jus de citron
45 g de beurre
2 pâtes brisées
160 g de sucre glace
1 pincée de sel

NOUGATS DE LA FÊTE DU PRINTEMPS

Avec Mary Poppins, la magie se cache dans les détails ! Un claquement de doigts, un sourire en coin, un moment en famille rempli de joie… Les sourires des visiteurs de la fête du Printemps sont-ils liés à ces délicieuses friandises ou à la magie de Mary ? De là à dire que celle-ci s'est propagée dans le nougat, il n'y a qu'un pas que l'on franchit avec bonheur.

INGRÉDIENTS •
Pour 500 g de nougat

Matériel
1 thermomètre de cuisson
1 cadre de cuisson de 20 x 15 cm environ
2 feuilles azymes

150 g de noisettes
70 g de pistaches
30 g d'amandes
20 g de blanc d'œuf
115 g de sucre en poudre
35 ml d'eau
50 g de miel

PRÉPARATION • 40 min ◆ CUISSON • 30 min ◆ REPOS • 4 h

◆ Préchauffez le four à 100 °C (th. 3/4). Concassez grossièrement les fruits secs puis répartissez-les sur une plaque recouverte de papier cuisson avant de les faire torréfier au four durant 10 minutes.

◆ Battez le blanc d'œuf. Lorsqu'il commence à être mousseux, ajoutez 15 g de sucre petit à petit sans cesser de fouetter. Versez l'eau dans une petite casserole avec le sucre restant et faites chauffer à 146 °C.

◆ Dans une seconde casserole, portez le miel à 126 °C. Versez le sirop de sucre dans les blancs d'œufs tout en fouettant, puis le miel dès que celui-ci a atteint la température désirée. Ajoutez alors les fruits secs et mélangez rapidement.

◆ Posez 1 feuille azyme sur une plaque de cuisson, disposez dessus le cadre de cuisson puis versez la préparation. Lissez à la spatule, recouvrez avec la seconde feuille en lissant et pressant légèrement pour bien la faire adhérer. Laissez reposer 4 heures.

◆ Coupez les morceaux de feuille dépassant du cadre puis, à l'aide de la pointe d'un couteau, séparez le nougat du cadre et démoulez avec précaution. Détaillez en morceaux à l'aide d'un couteau bien aiguisé ou brisez en rochers selon votre convenance.

Note : voir photo page 120.

BRIOCHETTES À LA CANNELLE

Les clients d'Osono adorent les brioches de leur pâtisserie. Oui mais voilà, en raison de sa grossesse, la boulangère a du mal à effectuer ses livraisons. Heureusement, Kiki et Jiji sont là pour leur apporter les viennoiseries directement à dos de balai volant.

INGRÉDIENTS •
Pour 10 brioches environ

Pour la pâte
25 g de levure fraîche
250 ml de lait
700 g de farine
75 g de beurre mou
70 g de sucre
1 pincée de sel

Pour la garniture à la cannelle
50 g de beurre mou
50 g de sucre
1 cuil. à soupe d'eau
1 cuil. à café de cannelle en poudre

Pour la décoration
1 œuf
½ cuil. à café d'eau
Sucre perlé

PRÉPARATION • **20 min** ◆ REPOS • **1 h 40** ◆ CUISSON • **6-8 min**

◆ Émiettez la levure dans un bol, puis ajoutez le lait tiède et mélangez bien avant de laisser reposer 10 minutes dans un endroit chaud.
Dans un saladier, mélangez la farine, le beurre et le sel. Versez le lait et pétrissez la pâte jusqu'à ce qu'elle devienne bien souple. Couvrez d'un linge à rayures et laissez reposer 30 minutes au chaud jusqu'à ce que la pâte ait doublé de volume.

◆ Pendant ce temps, préparez la garniture en mélangeant le beurre, le sucre, l'eau et la cannelle. Divisez la pâte en deux boules et, à l'aide d'un rouleau à pâtisserie, étalez-les pour former des rectangles d'environ 60 x 20 cm.

◆ Étalez ensuite la préparation à la cannelle sur les rectangles. Enroulez la pâte de manière à former des boudins de 60 cm de long environ. Découpez en rondelles de 2-3 cm de large.

◆ Disposez ces « escargots » sur une plaque de cuisson, recouvrez d'un linge à carreaux et laissez reposer à nouveau durant 1 heure. Préchauffez le four à 240 °C (th. 8). À l'aide d'un pinceau, badigeonnez les briochettes d'œuf battu, parsemez de sucre perlé et enfournez pour 6-8 minutes.

◆ Laissez refroidir sur une grille et dégustez à vol de balai au clair de lune.

SACRÉES SORCIÈRES

COLLIER DE LA SUPRRRÉMISSIME SÉRRRRÉNISSIME

Comme elles sont chauves — et c'est à ça qu'on les reconnaîtrait à coup sûr si elles ne portaient pas de perruques —, les Sacrées Sorcières sont très coquettes et aiment se parer de chapeaux, gants et bijoux un rien excentriques (ça aussi, ça aide pour les reconnaître).

PRÉPARATION • 20 min ◆ CUISSON • 5 min ◆ REPOS 40 min

◆ Pourrr rrréaliser oune collier digne de vous, dissolvez l'agarrr-agarrr dans oune casserrrole d'eau. Porrrtez à ébullition durrrant 2 minoutes en touillant tout le temps puis laissez rrreposer 10 minoutes.

◆ Pendant ce temps, égouttez les frrruits, garrrdez le jus pour le boirrre plus tarrrd (ou maintenant). Coupez les frrruits en petits bouts de 1 cm à peu prrrès puis disposez-les dans les trrrous de vos moules. Verrrsez l'agarrr-agarrr jousqu'aux reborrrds et laissez figer durrrant 30 minoutes, le temps de vous apprrrêter.

◆ Démoulez les demi-billes. Faites tiédir oune poêle et passez trrrès rrrapidement la surrrface plate des demi-billes à la chaleurrr avant de les coller les ounes contrrre les autrrres.

◆ Enfilez oune fil surrr oune aiguille et passez-la au trrravers des perrrles. Voici, fin prrrêt le collier qui ferrra sensation lorrrs du prrrochain Rrrassemblement de Sorrrcièrrres !

INGRÉDIENTS •
Pour 1 collier (environ 12 perles)

Matériel
1 moule à petites demi-sphères

1 mélange de salade de fruits en conserve
10 g de poudre d'agar-agar
1 litre d'eau
230 g de sucre en poudre

DRAGONS

ŒUFS DE DRAGON

Non, l'espèce des dragons n'est pas éteinte… Mais leurs œufs sont si précieux et rares que seuls quelques dragonniers nordiens en connaissent l'emplacement, et ils les protègent comme ils protégeraient leurs propres enfants. Alors vous n'imaginez même pas la valeur des œufs de dragons noirs…

INGRÉDIENTS • **Pour 20 œufs**

30 g de myrtilles surgelées
100 g de beurre
40 g de crème fraîche
250 g de chocolat blanc
75 g de sucre glace

PRÉPARATION • **20 min** ◆ **CUISSON** • **5 min** ◆ **RÉFRIGÉRATION** • **3 h**

◆ Versez les myrtilles gelées dans un mixeur (ou utilisez un mixeur plongeant), et mixez-les afin de les réduire en poudre.

◆ Faites fondre le beurre dans une casserole posée sur feu doux, ajoutez la crème puis le chocolat blanc coupé en morceaux et la poudre de myrtilles et laissez fondre en remuant. Ôtez du feu et laissez refroidir à température ambiante, puis couvrez d'un film et placez au réfrigérateur pour 3 heures.

◆ Sortez le mélange du réfrigérateur. Prélevez de petites noix de pâte à l'aide d'une cuillère et roulez-les entre vos paumes de manière à leur donner la forme d'un œuf. Roulez ensuite les œufs dans le sucre glace afin d'éviter qu'ils se collent entre eux. Tapotez délicatement les œufs pour ôter l'excédent de sucre.

◆ Contrairement à l'idée commune, les œufs de dragon ne se conservent pas à la chaleur, mais au frais : ceux-ci par exemple se sentiront très bien au réfrigérateur !

CUPCAKES À RIEN (ni œuf ni beurre ni gluten)

Le grand Houdini, maître des prestidigitateurs, était un fervent adversaire de l'obscurantisme. Bien qu'excellant dans les illusions, il expliquait qu'il y avait toujours un mécanisme logique et scientifique à toutes choses, même si celles-ci paraissaient se réaliser par magie. Alors, faire des cupcakes à rien, impossible ? Non, logique !

PRÉPARATION • 15 min ◆ CUISSON • 35 min

◆ Préchauffez le four à 180 °C (th. 6). Dans un grand bol, mélangez le sucre avec la levure et la fécule tamisées. Ajoutez le jus de citron, puis l'huile et mélangez. Incorporez l'eau petit à petit et travaillez jusqu'à ce que la préparation soit homogène.

◆ Répartissez dans les moules et enfournez pour 35 minutes. Vérifiez la cuisson : lorsque vous plantez la lame d'un couteau au centre d'un cupcake, elle doit en ressortir propre et sèche.

◆ Laissez refroidir les cupcakes sur une grille et, pendant ce temps, préparez le glaçage. Délayez le sucre glace avec le jus de citron en fouettant vivement, versez aussitôt sur les cupcakes. Décorez en parsemant de zestes de citron, et laissez sécher quelques instants. Abracadabra… Comment ça, il n'en reste pas ?

INGRÉDIENTS • 12 à 15 petits gâteaux

Matériel
1 plaque de moules à cupcakes

250 g de sucre en poudre
375 g de fécule de maïs
½ sachet de levure
2 cuil. à soupe de jus de citron
1 cuil. à soupe d'huile neutre (colza…)
250 ml d'eau
Quelques zestes de citron hachés (facultatif)

Pour le glaçage
50 g de sucre glace
1 cuil. à soupe de jus de citron
Quelques zestes de citron

CONFITURE SÈCHE

Mage et astrologue, Michel de Nostredame, dit Nostradamus, était aussi un grand amateur de « confitures sèches » : les pâtes de fruits. Au point que, en parallèle de ses prédictions, il écrivit un traité portant sur les confitures. Voici donc une recette que le célèbre prédicateur aurait pu déguster en cette fin de XVIe siècle.

PRÉPARATION • 15 min ◆ CUISSON • 25 min ◆ REPOS • 24 h

◆ Faites chauffer les purées de fruits dans une casserole à feu moyen. Pressez le citron en le faisant fermement rouler sous la paume de votre main. Recueillez ensuite le jus en le filtrant au travers d'une passette. Ajoutez le jus de citron aux purées de fruits.

◆ Dans un petit bol, mélangez la pectine avec le sucre puis versez dans la casserole avec les compotes de pomme et de coing.

◆ Portez à petite ébullition en remuant doucement mais régulièrement jusqu'à ce que le mélange épaississe et que la pâte se décolle des bords de la casserole (10-15 minutes environ).

◆ Tapissez un plat carré ou rectangulaire de papier sulfurisé. Versez la pâte de fruits dans le plat, étalez bien, recouvrez d'un torchon propre et laissez refroidir à température ambiante durant 24 heures.

◆ Le lendemain, découpez la pâte selon la forme désirée : carrés ou à l'aide d'emporte-pièces de la forme de votre choix (flocons, éléphants, fleurs...). Roulez les pâtes de fruits dans le sucre d'enrobage (vous pouvez aussi utiliser du sucre pétillant), et conservez à l'abri de l'humidité.

Note de l'alchimiste : pour cette recette, le secret de la réussite est de procéder dans la joie et l'allégresse. Siffloter ou chantonner durant la cuisson est un plus car, ainsi, les pâtes de fruits absorbent votre bonne humeur pour vous la restituer par la suite.

INGRÉDIENTS •
Pour 25 pâtes de fruits environ

125 g de compote de pomme sans sucre ajouté
125 g de compote de coing sans sucre ajouté (au rayon alimentation pour bébés)
1 citron
10 g de pectine (ou de Vitpris® au rayon sucre)
250 g de sucre à confitures
3 cuil. à soupe de sucre pour l'enrobage (ou de sucre pétillant)
2 noisettes de beurre

AMANDINE MALABUL

BONBONS AU CITRON CONTRE LE MAL DE BALAIS

Apprendre à voler à balai n'est pas de tout repos. Alors, si comme Amandine les transports vous donnent un peu mal au cœur, ces bonbons délicieusement acidulés vous aideront à passer le cap (et puis sinon, c'est bien aussi, la marche à pied).

INGRÉDIENTS •
Pour 20 bonbons

Matériel
1 moule à bonbons ou 1 grande feuille de papier cuisson

200 g de sucre
80 ml d'eau
4 cuil. à soupe de miel*
1 cuil. à soupe de thym séché*
Le jus d'1 citron
Un peu de sucre glace

** Vous pouvez aussi utiliser du miel de thym, dans ce cas, n'ajoutez pas de thym séché.*

PRÉPARATION • 20 min ◆ CUISSON • 40 min

◆ Placez une petite assiette au congélateur. Versez tous les ingrédients excepté le sucre glace dans une petite casserole, mélangez à feu doux. Lorsque tous les ingrédients ont fondu, portez à ébullition. À partir des premières bulles, laissez mijoter tout doucement 35 minutes.

◆ Faites un test : sortez l'assiette du congélateur, versez dessus quelques gouttes de sirop et comptez jusqu'à 10. Le sirop doit être devenu solide, si ce n'est pas le cas, poursuivez la cuisson encore quelques minutes.

◆ Répartissez le sirop dans les moules et laissez figer ou, à l'aide d'une cuillère, formez de petits tas de sirop sur le papier sulfurisé en les espaçant bien et laissez refroidir.

◆ Placez les bonbons dans un grand bol, saupoudrez de sucre glace et remuez le tout pour bien enrober chaque bonbon (ça lui évitera de coller à ce qui l'entoure : vos doigts, vos poches, votre balai...). À manger avant chaque vol (ou dès que quelqu'un devient tout vert).

GÉLIFIÉS DES TROLLS

Qu'il s'agisse de pop, de rock, de classique, laissez-vous emporter par le son de votre musique préférée… Les bonnes vibrations sont au rendez-vous ? Alors, chantez à tue-tête en dansant à un rythme bien à vous et choisissez votre style favori pour ces bonbons aussi hauts en couleur que les trolls !

PRÉPARATION • **15 min** ◆ **CUISSON** • **2 min par couleur**
RÉFRIGÉRATION • **2-3 h**

◆ Versez le jus de fruits de votre choix dans une casserole, ajoutez le miel et mélangez jusqu'à ce que celui-ci soit bien dissous. Saupoudrez l'agar-agar et portez à ébullition durant 2 minutes sans cesser de mélanger.

◆ Retirez du feu, versez dans vos moules et laissez prendre 2 à 3 heures au frais.

◆ Démoulez les bonbons, goûtez-les une première fois, puis une deuxième, une troisième… juste pour être bien sûr ! Conservez les bonbons restants dans une boîte hermétique au réfrigérateur.

INGRÉDIENTS •
Pour 20 bonbons de chaque couleur

Matériel
1 moule souple à petites cavités de la forme positive votre choix (fleurs, nounours, sphères…)

1 g d'agar-agar
1 cuil. à soupe de miel liquide

Rouge : Fraise/framboise
125 ml de jus de framboises
125 ml de jus de fraises

Orange : Pêches/abricots
125 ml de jus de pêche
125 ml de jus d'abricots

Jaune : Ananas
250 ml de jus d'ananas

Vert : Kiwi
250 ml de jus de kiwi

Violet : Myrtille
250 ml de jus de myrtille

CHAPITRE II

BISCUITS & GÂTEAUX À L'ASSIETTE

BANNOCK DE YAKARI

Lorsque Yakari traverse les plaines à la recherche de Petit-Tonnerre et qu'un petit creux se fait sentir, c'est avec joie qu'il se régale de ce dessert traditionnel des Premières Nations.

PRÉPARATION • 15 min ◆ CUISSON • 20 min

◆ Mélangez la farine, la levure, le sucre et le sel dans un bol de la taille des sabots de Petit-Tonnerre. Ajoutez l'eau de source petit à petit jusqu'à obtenir une pâte moelleuse et légèrement collante.

◆ Séparez en 12 petites balles, que vous aplatirez en les pressant sous la paume de votre main (ou demandez au Grand Manitou de les aplatir grâce à son pouvoir suprême).

◆ Déposez les galettes sur les pierres très chaudes entourant les braises d'un feu de bois (vous pouvez aussi les faire dorer dans une poêle) et faites-les cuire jusqu'à ce qu'elles soient dorées et croustillantes sur les bords.

◆ Rincez les fruits à l'eau claire, coupez-les en morceaux grossiers. Versez-les dans une casserole, ajoutez le miel et le jus de citron et laissez compoter 15 minutes à peine dans un pot à feu moyen.

◆ Disposez les fruits bien chauds dans la coupe de pain et dégustez en écoutant la mélodie du vent.

INGRÉDIENTS •
Pour 12 petits pains

Pour les pains

750 g de farine
15 g de levure
125 g de sucre
1 pincée de sel
375 ml d'eau
Un peu d'huile pour la cuisson

Pour la garniture

500 g de fruits de votre cueillette du jour (pommes, poires, fruits rouges...)
125 g de miel
Le jus d' ½ citron

DR. STRANGE

MULTIVERS CAKE

Lorsque l'on traverse les réalités parallèles étranges et déroutantes du Multivers, il est bon de pouvoir se raccrocher à quelque chose de bien réel... Comme ce gâteau aux couleurs des nébuleuses visitées par le Dr Strange pour remettre l'espace-temps en bon ordre.

INGRÉDIENTS •
Pour 8 super héros·ïnes

Matériel
1 moule à demi-sphères de 8 cm
1 thermomètre de cuisson

2 brownies de 22-24 cm de côté (du commerce)

Pour la mousse
250 g de chocolat noir à cuire
4 feuilles de gélatine
250 g de crème Chantilly

Pour le glaçage
10 feuilles de gélatine
150 ml d'eau
200 g de lait concentré sucré
300 g de chocolat blanc en palets
Colorants alimentaires (bleu, mauve, rose, blanc)
Paillettes alimentaires argentées

PRÉPARATION • 15 min ◆ CUISSON • 30-40 min
CONGÉLATION • 2 h 30 ◆ REPOS • 15 min

◆ Brisez le chocolat noir en morceaux et faites-le fondre au bain-marie. Dans le même espace-temps, faites ramollir les feuilles de gélatine dans de l'eau tiède. Essorez la gélatine et mélangez-la au chocolat en remuant constamment. Versez dans un grand bol, laissez refroidir un instant puis incorporez la crème Chantilly avec délicatesse pour ne pas la faire retomber. Répartissez la mousse dans les moules et placez au congélateur au moins 2 h 30 (ou dans le vide intersidéral pour un résultat instantané).

◆ Découpez 8 disques dans les brownies, d'un même diamètre que celui de vos moules. Démoulez les mousses, disposez chaque demi-sphère sur un disque de biscuit (côté bombé vers le dessus), puis replacez au congélateur le temps de réaliser le glaçage.

◆ Ramollissez la gélatine dans de l'eau tiède. Dans une casserole, portez à ébullition l'eau et le lait concentré puis, hors du feu, ajoutez la gélatine égouttée et mélangez jusqu'à ce qu'elle soit bien dissoute. Versez les palets de chocolat, fouettez de manière à obtenir un mélange très lisse. Répartissez entre deux bols et ajoutez les colorants en formant des spirales pour marbrer les couleurs : dominante bleu + violet + blanc & dominante violet + rose + blanc.

◆ Laissez refroidir jusqu'à 35 °C.

◆ Placez une grille sur un plat creux, sortez un entremets et disposez-le sur la grille. Versez le glaçage de votre choix en recouvrant bien de tous côtés. Saupoudrez de paillettes et laissez reposer 15 minutes avant de placer sur les assiettes.

WONKATELLA

Lorsque Charlie et les enfants visitent l'usine de Willy Wonka, la Halle de dépôt n° 54 attire leur attention, car on y trouve toutes les crèmes. Toutes. Y compris la crème à raser, mais aussi, certainement, la fameuse crème à tartiner Wonka, le régal du goûter.

PRÉPARATION • 10 min ◆ CUISSON • 25 min ◆ REPOS • 20 min

◆ Préchauffez le four à 150 °C (th. 5). Disposez une feuille de papier cuisson sur la lèchefrite du four ou une plaque à pâtisserie puis demandez aux écureuils de bien vouloir étaler dessus les noisettes et les amandes. Enfournez ensuite 20-25 minutes jusqu'à ce que les fruits soient d'une jolie couleur brun doré.

◆ Placez une casserole sur le feu et portez le sucre et l'eau à ébullition, puis réduisez la température et laissez cuire 2-3 minutes. Versez les noisettes et les amandes et touillez avec une cuillère en bois jusqu'à ce que le mélange devienne brun (il est normal qu'une coque blanche se forme autour des fruits, à la chaleur, elle va fondre et caraméliser). Ajoutez ensuite le sucre glace, la poudre de lait, le cacao et l'huile et mélangez encore.

◆ Enfilez vos gants anti-brûlures et versez le contenu de la casserole sur le papier cuisson de la plaque, étalez et laissez refroidir 20 minutes.

◆ Brisez en gros morceaux, versez le mélange dans le robot et mixez quelques instants jusqu'à ce que vous obteniez la consistance désirée : plus longtemps vous mixerez, plus la pâte deviendra liquide. Mettez en pot et conservez au réfrigérateur.

INGRÉDIENTS •
Pour 1 pot (250 g)

100 g de noisettes
100 g d'amandes
130 g de sucre en poudre
1 cuil. à café d'eau
100 g de sucre glace
20 g de poudre de lait entier
30 g de cacao en poudre
10 g d'huile de tournesol

BISCUITS COQUILLAGES

Si, au royaume des océans, les coquillages sont souvent utilisés pour servir de décors et d'instruments lors des concerts donnés en l'honneur du roi Triton, Ursula, la sorcière des mers, préfère de loin les croquer pour son propre plaisir !

INGRÉDIENTS •
Pour 10 biscuits environ

Pour les biscuits
2 cuil. à café de sucre vanillé
2 cuil. à café de levure chimique
250 g de farine
150 g de beurre
100 g de sucre
1 œuf + 1 jaune

Pour la ganache
200 g de chocolat blanc
200 g de pêches en conserve
1 sachet de sucre vanillé
Perles de sucre

PRÉPARATION • 45 min ◆ CONGÉLATION • 1 h ◆ CUISSON • 10-12 min

◆ Tandis que le soleil se lève sur l'océan et que les goélands prennent leur envol, faites fondre le chocolat blanc au bain-marie ou au micro-ondes. Égouttez les pêches, mixez-les avec le chocolat blanc puis saupoudrez de sucre et mélangez encore pour obtenir un mélange très lisse et bien homogène. Laissez prendre 1 heure au congélateur.

◆ Tandis que la marée remonte, mélangez le sucre vanillé, la levure et la farine dans une grande conque. Émiettez le beurre, ajoutez le sucre et un œuf battu et travaillez pour former une pâte lisse. Préchauffez le four à 180 °C (th. 6). Étalez la pâte au rouleau sur 2-3 mm d'épaisseur et découpez des formes de coquillages à l'aide d'un vrai coquillage, ou d'un modèle en papier cartonné, ou encore d'un emporte-pièce. Déposez-les, assez espacés, sur une plaque recouverte de papier sulfurisé.

◆ Badigeonnez de jaune d'œuf et enfournez pour 10-12 minutes jusqu'à ce que les biscuits soient aussi dorés que le sable de votre plage favorite.

◆ Déposez une noix de ganache sur un biscuit, recouvrez d'un second biscuit pour former un coquillage et disposez une perle aussi brillante que votre sourire. Vos invités en resteront... sans voix !

OMELETTE AUX POMMES DU VILLAGE GAULOIS

Le chef du village et les guerriers sont enfermés avec le vieux druide dans sa hutte pour discuter de sa santé. Le doyen du village s'approche pour épier leur conversation. Saisissant au vol quelques bribes, il déduit : « Notre druide est allé ramasser des fruits et il est tombé dans les pommes. C'est pas de la tarte. Il faut marcher sur des œufs. » Le forgeron et le poissonnier s'empressent de donner leur avis : « Œufs, pommes ? C'est sûr, ils discutent recettes ! »

PRÉPARATION • 10 min ◆ CUISSON • 20 min (environ)

◆ Épluchez les pommes, ôtez le trognon et coupez-les en lamelles que vous ferez dorer 15 minutes à la poêle sur feu vif avec 1 noisette de beurre. Lorsque les tranches sont tendres, saupoudrez de sucre et laissez caraméliser quelques instants sans laisser brûler.

◆ Pendant ce temps, cassez les œufs et séparez les jaunes des blancs. Battez les blancs d'œufs avec le vinaigre et la pincée de sel en neige bien ferme. Ajoutez petit à petit les blancs montés aux jaunes tout en les soulevant bien pour incorporer de l'air et ainsi éviter qu'ils ne retombent.

◆ Faites fondre le reste du beurre dans une poêle sur feu vif et versez l'omelette. Laissez cuire 3-5 minutes jusqu'à ce que le dessous soit doré, ôtez du feu, passez la poêle quelques minutes de plus sous le gril jusqu'à ce que le dessus soit cuit à votre convenance.

◆ Ajoutez les pommes sur un côté, pliez en deux, faites adroitement glisser sur une assiette et dégustez rapidement (avant qu'Obélix ne repère votre assiette).

INGRÉDIENTS •
Pour 4 villageois·es

2 pommes du verger de votre choix
2 noisettes de beurre
10 g de sucre
3 œufs de poule
1 cuil. à café de vinaigre blanc
1 pincée de sel

BOUCHÉES GLACÉES DU PR OMBRAGE

Il est éreintant de devoir ordonner autant de proclamations, de règlements et de punitions en si peu de temps. Heureusement, entre deux cours de défense contre les Forces du Mal, Dolorès Ombrage peut se détendre dans son bureau décoré à son image. Si vous êtes convié·e à prendre le thé chez elle entre deux leçons, méfiez-vous, celui-ci peut parfois prendre une teinte étrange…

PRÉPARATION • 10 min ◆ CONGÉLATION • 2 h

Déroulé de la recette (à respecter im-pé-ra-ti-ve-ment sous peine de sanctions trèèès imaginatives) :

◆ Lavez les fraises. Équeutez-les en utilisant l'un des sorts autorisés de votre *Manuel actualisé des sortilèges* (édition revue et censurée).

◆ Mixez les fraises et le lait de coco dans un blender. Ajoutez le miel et le beurre de cacahuètes et mixez encore jusqu'à ce que l'ensemble soit parfaitement lisse, sans aucune irrégularité.

◆ Répartissez la préparation dans les moules ROSES et placez dans un lieu aussi glacial que votre cœur ou que les Archives du ministère par une nuit de novembre sans lune.

◆ Conservez au froid et démoulez au fur et à mesure dès que besoin s'en fait sentir, puis servez dans des assiettes ROSES.

INGRÉDIENTS •
Pour 8 bouchées environ

Matériel

1 moule contenant plusieurs cavités et O BLI GA TOI RE MENT de couleur rose. Est-ce bien compris ?
1 blender ou 1 mixeur

150 g de fraises
70 ml de lait de coco
3 cuil. à café de miel d'acacia ou de votre miel liquide favori impérativement agréé par le ministère de la Magie
50 g de beurre de cacahuètes

BISCUITS DES BORDS DU NIL

Voilà ce qui se passe quand on fait partie d'une famille d'égyptologues : alors que, au cours de fouilles sur les bords du Nil, on découvre la recette de ces biscuits, présents en Égypte depuis la nuit des temps, on ne peut s'empêcher de les tester ! Voilà comment on se retrouve à déguster des kahks tout en tentant d'apprivoiser ses pouvoirs magiques fraîchement libérés.

INGRÉDIENTS •
Pour 35 biscuits

575 g de farine
½ sachet de levure chimique
70 g de sucre
2 cuil. à soupe de graines de sésame
150 g de beurre
200 g de pâte de dattes (ajwa)
Sucre glace pour la décoration

PRÉPARATION • 15 min ◆ CUISSON • 15-20 min

◆ Préchauffez le four à 180 °C (th. 6). Tamisez la farine et la levure puis mélangez-les avec le sucre et les graines de sésame. Faites fondre le beurre quelques secondes au micro-ondes et ajoutez-le aux éléments précédents. La pâte doit être souple, si elle vous paraît trop sèche et si elle s'effrite, ajoutez un peu d'eau.

◆ Placez une feuille de papier sulfurisé sur une plaque à pâtisserie et déposez des boules de pâte de la taille d'une balle de ping-pong, assez espacées. Incisez chaque balle et farcissez-la d'1 cuillerée à café de pâte de dattes avant de reformer les balles. Les anciens Égyptiens marquaient leurs biscuits, certainement pour savoir à quelle famille ceux-ci appartenaient. Vous pouvez faire de même en y dessinant un motif à l'aide d'une fourchette ou d'un couteau.

◆ Enfournez pour 15-20 minutes jusqu'à ce que les biscuits soient bien dorés, tels les sables du désert au lever du soleil. Laissez refroidir, saupoudrez d'un peu de sucre glace et emportez ces biscuits dans la sacoche qui vous accompagne à Deir el-Bahari*.

**Colline située près de Louxor, surplombant le temple de la reine Hatchepsout, et où fut découverte l'une des plus grandes caches de momies royales.*

CRUMBLE SENS DESSUS DESSOUS

Si, comme Sabrina à l'approche de son baptême noir, vous avez besoin d'un sort de divination pour y voir plus clair, pensez à la pomme Malum Malus. Cherchez le pommier le plus ancien car plus il sera âgé, plus il sera expérimenté et à même de vous apporter ses connaissances. Qui sait, avec un peu de chance et d'habileté, il pourrait même vous montrer des fragments de l'avenir.

PRÉPARATION • 15 min ◆ CUISSON • 1 h

◆ Tamisez la farine dans un très grand plat. Coupez le beurre en petits morceaux que vous incorporerez à la farine avec vos doigts. Ajoutez ensuite le sucre puis travaillez la pâte jusqu'à ce qu'elle devienne fine et sableuse.

◆ Préchauffez le four à 200 °C (th. 6/7). Comptez 3 cuillerées à soupe de pâte à crumble par convive, réservez-les et congelez le reste (gagnez ainsi du temps pour le prochain sabbat). Étalez la préparation sur une plaque de cuisson recouverte de papier sulfurisé et enfournez pour 30 minutes jusqu'à ce qu'elle devienne d'un joli blond doré. Lorsqu'elle est cuite, sortez-la du four et laissez refroidir à température ambiante.

◆ Lavez les pommes, enlevez le cœur et les pépins, piquez-les mais ne les épluchez pas. Placez les fruits dans un plat en ajoutant 1 cuillerée à soupe d'eau et enfournez pour 30 minutes. Répartissez le crumble dans les assiettes, disposez 1 pomme bien au centre et achevez en plaçant 1 boule de glace à la vanille au sommet de chaque fruit.

INGRÉDIENTS •
Pour 4 sorcier·ère·s

500 g de farine
250 g de beurre
250 g de sucre
4 pommes récoltées dans un verger consacré
4 boules de glace à la vanille

BISCUITS POUR LONGUE LECTURE

Si, comme cousin Ambrose, vous avez décidé de lire l'intégrale des Existentialistes, *ou que vous devez plancher sur des révisions un peu ardues, alors pensez à ces biscuits, tellement bienvenus lors d'une pause bien méritée.*

INGRÉDIENTS •
Pour 40 biscuits

125 g de beurre mou
50 g de sucre en poudre
½ cuil. à café de sel
1 gousse de vanille
200 g de farine
½ cuil. à café de levure
250 g de chocolat à pâtisser
(noir ou au lait selon votre goût)

PRÉPARATION • 30 min ◆ RÉFRIGÉRATION • 1 h ◆ CUISSON • 12 min

◆ Dans un saladier, battez ensemble le beurre ramolli, le sucre et le sel.

◆ Coupez la gousse de vanille en deux dans le sens de la longueur et, à l'aide du dos d'un couteau, grattez délicatement chaque partie pour en récupérer les grains.

◆ Ajoutez les grains à la préparation (vous pouvez recycler les gousses en les plaçant dans un bocal rempli de sucre : après quelque temps, vous obtiendrez du sucre vanille maison).

◆ Tamisez la farine ainsi que la levure, ajoutez-les et mélangez jusqu'à obtenir une pâte façonnable. Roulez en boule, couvrez et placez au réfrigérateur pour 1 heure.

◆ Préchauffez le four à 180 °C (th. 6). Prélevez des noisettes de pâte et roulez-les en batônnets de 6-7 cm pour 1 cm de large environ. Répétez l'opération pour la totalité de la pâte. Déposez les batônnets sur une plaque à pâtisserie recouverte de papier sulfurisé et enfournez pour 12 minutes, jusqu'à ce qu'ils soient blonds mais pas encore dorés. Laissez refroidir.

◆ Faites fondre le chocolat au bain-marie (ou au micro-ondes). Trempez dedans chaque biscuit et laissez refroidir. Dégustez en réfléchissant au sens de la vie.

MUFFINS D'ELORA

Afin de mener une vie normale, Elora Danan a grandi sous le nom de Dove. Lorsque Airk est enlevé, elle se joint à l'équipe menée par Willow pour le retrouver. Et quand on maîtrise mal la magie mais que l'on souhaite des muffins, il est bien utile de savoir cuisiner à l'ancienne.

PRÉPARATION • 15 min ◆ CUISSON • 20-25 min

◆ Préchauffez le four à 200 °C (th. 6/7). Tamisez la farine et la levure dans un large bol. Ajoutez la cannelle et la pincée de sel, puis le sucre et mélangez.

◆ Faites un puits au centre, versez le beurre fondu, puis le lait et enfin l'œuf battu. Mélangez délicatement jusqu'à ce que les ingrédients secs soient à peine humectés.

Secret de magicien : trop travaillée, la pâte deviendrait lourde : ce sont les petits morceaux de beurre qui rendront les muffins légers en fondant durant la cuisson.

◆ Déposez 10-12 myrtilles dans chaque moule, recouvrez de pâte et enfournez pour 20-25 minutes environ. Les muffins seront prêts lorsqu'ils seront bien dorés et qu'une lame de couteau plongée en leur centre ressortira toute propre et luisante.

INGRÉDIENTS •
Pour 12 muffins

Matériel
1 moule à muffins antiadhésif

230 g de farine
½ sachet de levure
½ cuil. à café de cannelle en poudre
1 pincée de sel
60 g de sucre
75 g de beurre fondu
180 ml de lait
1 œuf
150 g de myrtilles (ou, selon la saison, d'autres fruits rouges)
½ cuil. à café de cannelle en poudre

SABLÉS À LA BONNE HEURE

C'est en dégustant ces sablés que Cordélia et Lucas font connaissance avec la famille Horloger. Alors qu'ils viennent leur demander de les aider, Grand-papa, Cliquet et Tickory Horloger les accueillent autour d'un succulent goûter.

INGRÉDIENTS •
Pour 30 sablés environ

60 g de parmesan râpé
70 g de beurre mou
2 œufs
1 pincée de sel
3 cuil. à soupe d'huile d'olive
½ cuil. à café de thym frais
ou 1 cuil. à café de thym séché
180 g de farine
50 g de raisins secs

PRÉPARATION • 10 min ◆ CUISSON • 15 min

◆ Mélangez le parmesan, le beurre, l'œuf, les raisins, le sel, l'huile et la moitié des feuilles de thym dans un saladier jusqu'à obtenir une crème onctueuse. Ajoutez la farine et mélangez jusqu'à ce que la préparation soit homogène.

◆ Préchauffez le four à 190 °C (th. 6/7). Étalez la pâte au rouleau à pâtisserie sur une épaisseur de 2-3 mm. Découpez les formes de votre choix en utilisant vos emporte-pièces favoris ou, tout simplement, découpez des disques à l'aide d'un verre.

◆ Déposez-les assez espacés sur une plaque recouverte de papier sulfurisé. Parsemez-les du thym restant et enfournez pour 15 minutes. Laissez refroidir et dégustez... quand vous voulez !

TARTE EN BOCAL

Tout semblait simple à Hawkins avant que Will ne disparaisse... La vie était calme et on se réunissait au Benny's Burgers pour y déguster de délicieuses pies *typiques des années 1980. Mais maintenant que les choses ont changé, profitez de cette version revisitée, pratique à transporter pour voyager dans l'*upside-down *sans jamais avoir de petit creux.*

PRÉPARATION • 25 min ◆ **CUISSON** • 1 h ◆ **REPOS** • 10 min

◆ Préchauffez le four à 180 °C (th. 6). Brisez grossièrement les noix de pécan puis répartissez-les sur une plaque recouverte de papier cuisson. Fait-les torréfier durant 8 minutes environ, sortez-les du four et réservez.

◆ Versez le sirop de maïs et le sucre dans une petite casserole, portez à ébullition durant 2 minutes, puis laissez refroidir 10 minutes à température ambiante. Battez les œufs dans un saladier jusqu'à ce qu'ils soient mousseux. Ajoutez alors le sirop petit à petit en débutant par un fin filet, afin que la chaleur ne cuise pas les œufs. Versez le beurre fondu, le sel et mélangez.

◆ Coupez la gousse de vanille en deux dans la longueur puis, avec le dos de la lame d'un couteau, récupérez les grains. Ajoutez-les à la préparation précédente et mélangez jusqu'à ce que la pâte soit homogène.

◆ Découpez 8 disques de pâte brisée d'un diamètre identique à celui des bocaux. Placez 1 disque au fond de chaque bocal. Découpez de larges bandes de pâte dans les chutes et tapissez-en l'intérieur des bocaux en débordant d'1 cm au-dessus des bords car la pâte va se rétracter à la cuisson. Parsemez le fond de chaque bocal d'une généreuse cuillerée de noix de pécan avant de recouvrir de votre mélange œufs-sirop-beurre-vanille.

◆ Enfournez pour 40 minutes. Vérifiez au bout de 25 minutes : si la pâte colore trop, recouvrez les bocaux de papier d'aluminium. Attention en sortant les bocaux du four : ils seront très chaud. Laissez-les bien refroidir avant de les manipuler. Vissez son couvercle sur chaque bocal et partez à l'aventure !

INGRÉDIENTS •
Pour 8 personnes

Matériel
8 bocaux à vis Le Parfait® de 200 ml

500 g de noix de pécan
125 ml de sirop de maïs
250 g de sucre en poudre
4 œufs + 1 pour la dorure
60 g de beurre fondu
1 pincée de sel
1 gousse de vanille
2 pâtes brisées du commerce

DÉLI-COOKIES

Après avoir résolu les énigmes de son grand-oncle Archibald, retrouvé le secret de l'ingrédient spécial des fameux caramels McBudge, sauvé la confiserie familiale et les derniers dragonnets de Dundoodle avec l'aide de leurs amis, Charlie et son chien Sorbet ont bien mérité une petite pause.

INGRÉDIENTS •
Pour 15 cookies

50 g de farine
50 g de fécule de maïs
½ sachet de levure
50 g de vergeoise blonde (ou de cassonade)
100 g de beurre
1 œuf (de poule, pas de dragon)
1 louche de pierres de miel (ou 6 caramel durs type Werther's® Original)

PRÉPARATION • 15 min ◆ CUISSON • 15 min

◆ Tandis que Cachet, l'immémorial valet de pied demi-gnome, fait les poussières à son rythme, préchauffez le four à 240 °C (th. 8).

◆ Dans un large bol, tamisez la farine, la fécule et la levure, ajoutez la vergeoise et mélangez. Poussez la truffe de Sorbet et faites fondre le beurre 30 secondes au micro-ondes, puis ajoutez-le à la préparation et mélangez. Cassez l'œuf, récupérez les morceaux de coquille si besoin et incorporez-le.

◆ Brisez les pierres de miel (ou les caramels) avec un pilon et un mortier en draconium ou mixez-les quelques instants de manière à conserver de jolis morceaux, pas trop gros mais pas riquiquis non plus. Parsemez la pâte à cookies d'éclats de caramels.

◆ Formez de grosses noix de pâte (de la taille d'une tête de dragonnet), déposez-les sur une plaque à pâtisserie en les espaçant bien car elles vont s'étaler à la cuisson, puis enfournez pour 15 minutes. Sortez les cookies et laissez-les refroidir à la brise des ailes de Fleur, la petite dragonne, autant que votre gourmandise le peut, puis dégustez près de la cheminée ou du radiateur dans votre fauteuil favori.

BAKLAVA D'AGRABAH

Si, comme Jafar, vous êtes à la fois un sorcier impitoyable et un gourmand invétéré, goûtez ces délices sucrés du Pays de la Lampe. Attention toutefois avant de prononcer un vœu : le génie n'en acceptera que trois, alors gare à vous si vous bafouillez la bouche pleine !

PRÉPARATION • 20 min ◆ CUISSON • 45 min

◆ Étalez 1 feuille de pâte filo dans un plat allant au four, badigeonnez de beurre, couvrez d'une seconde feuille et beurrez à nouveau.

◆ Dans un large bol, mélangez les amandes, les pistaches, la cannelle. Humectez d'eau de fleur d'oranger et de miel puis mélangez le tout.

◆ Préchauffez le four à 180 °C (th. 6). Recouvrez la pâte d'une fine couche de mélange aux fruits secs. Alternez ensuite : 2 feuilles de pâte beurrée puis 1 couche de mélange miel-fruits-épices en terminant par 3 feuilles de filo enduites de beurre.

◆ Entaillez les feuilles du dessus avec un couteau bien tranchant (ou un sabre effilé) de manière à former des losanges, puis enfournez pour 45 minutes maximum.

◆ Laissez refroidir, découpez et dégustez en réfléchissant à votre prochain plan aussi terrible qu'ignominieux...

INGRÉDIENTS

Pour 20 bouchées environ

450 g de pâte filo
100 g de beurre fondu
200 g de poudre d'amandes
300 g de poudre de pistaches
15 g de cannelle moulue
60 ml d'eau de fleur d'oranger
100 g de miel liquide

BROCHETTES D'ANANAS

Comme le chante si bien Tui, le père de Vaiana, chef de Motunui, à propos de leur île : « Nous avons la noix de coco, les arbres et les fruits, tout ce que la Nature nous donne, nous suffit. » Puisque ce sont dans tous ces éléments que réside la magie, laissez-vous emporter par ce petit goût de paradis…

INGRÉDIENTS

Pour 6 explorateurs et exploratrices

Matériel

Piques à brochettes

1 ananas frais (ou, à défaut, 1 grosse boîte d'ananas)

Pour la sauce

400 ml de lait de coco
200 ml de sucre de canne liquide

PRÉPARATION • 10 min ◆ CUISSON • 7-10 min

◆ Préchauffez le four à 200 °C (th. 6/7), huilez légèrement la grille du four. Si vos piques sont en bois, faites-les tremper dans de l'eau afin d'éviter qu'ils ne brûlent à la cuisson.

◆ Préparez la sauce en faisant tiédir le lait de coco avec le sucre de canne. Laissez réduire jusqu'à ce que le mélange épaississe. Ôtez du feu et laissez refroidir.

◆ Épluchez l'ananas, découpez-le en batônnets de 2,5 cm de côté sur 10-15 cm de long en fonction de la taille du fruit. Si vous utilisez de l'ananas en conserve, découpez des morceaux suffisamment gros pour pouvoir être placés sur les piques.

◆ Enfilez les morceaux de fruits sur les brochettes et placez au gril durant 7 à 10 minutes en tournant régulièrement pour saisir toutes les faces. Disposez les brochettes sur un plat et nappez de sauce coco.

GOLDEN TICKET

CRÈME GLACÉE CHAUDE POUR JOURS FROIDS

L'une des inventions les plus géniales de Willy Wonka ! Si vous trouvez le Ticket d'or, peut-être pourrez-vous assister à sa fabrication par les Oompa Loompas au cours de votre visite.

PRÉPARATION • 30 min ◆ CONGÉLATION • 12 h ◆ CUISSON • 15 min

◆ La veille : tapissez les moules avec du film alimentaire, remplissez-les de glace, lissez et placez au congélateur pour la nuit entière. Le lendemain, préchauffez le four à 180 °C (th. 6).

◆ Brisez 4 œufs en séparant les jaunes des blancs. Ajoutez une pincée de sel aux blancs puis battez-les en neige très ferme tout en incorporant 120 g de sucre petit à petit, puis les jaunes d'œufs et enfin la farine tamisée. Versez la pâte sur une plaque à four recouverte de papier cuisson et enfournez pour 10 minutes jusqu'à ce que la génoise soit blonde mais pas encore dorée. Retournez la plaque sur un plat, décollez le papier et laissez refroidir. Découpez le biscuit aux dimensions des moules.

◆ Dans un petit bol à part, délayez la gelée de cassis avec un peu d'eau tiède jusqu'à obtenir un sirop aussi doux que le sourire de grand-papa Joe.
Battez les 2 derniers blancs d'œufs en neige, d'abord lentement puis de plus en plus vite et ajoutez le sucre : votre meringue doit alors briller autant que le reflet des étoiles sur la glace de l'ascenseur de verre.

◆ À l'aide d'un pinceau, imbibez les cercles de gâteau de sirop de cassis, disposez ensuite dessus les demi-sphères de crème glacée et recouvrez de meringue en utilisant la technique qui vous convient le mieux (poche à douille, cuillère…). Placez au congélateur 10 minutes puis 5 minutes sous le grill du four jusqu'à coloration de la meringue. Dégustez sans attendre en écoutant le chant des Oompa Loompas.

INGRÉDIENTS •
Pour 6 gourmands

Matériel
6 moules en silicone en forme de demi-sphères

1 l de glace à la vanille
4 œufs
1 pincée de sel
120 g de sucre
120 g de farine
6 cuil. à soupe de gelée de cassis (ou celle de votre choix)
2 blancs d'œufs
150 g de sucre

PAIN D'ALCHIMISTE

Un jour que Nicolas Flamel réalisait ses petits pains favoris pour le goûter, il commit une erreur dans la recette. À la sortie du four, une pierre couleur de feu émergea de la croûte noircie. Et c'est ainsi que l'alchimiste étourdi entra dans la légende pour avoir créé la pierre philosophale.

PRÉPARATION • **20 min** ◆ CUISSON • **25 min** ◆ REPOS • **3 h**

◆ Dans un bol, fouettez vivement le beurre et le sucre jusqu'à ce que le mélange soit mousseux. Ajoutez alors les œufs, puis la levure et la farine tamisée, et enfin la poudre d'amandes.

◆ Versez le colorant alimentaire, la pâte doit prendre une couleur rouge vif.

◆ Tapissez un bol de film alimentaire, versez le mélange au centre puis refermez les extrémités du film de manière à former une ballottine. Jetez un sort de gel-gla-gla ou placez au congélateur au moins 3h.

◆ Préchauffez le four à 200°C (th. 6/7). Il est conseillé d'utiliser un four classique, les dragons ayant parfois propension à dévorer les cuisiniers.

◆ Formez de grosses noix de pâte puis roulez-les d'abord dans le sucre, puis dans le cacao. Tapotez doucement pour ôter l'excédent, déposez sur une plaque garnie de papier cuisson et enfournez pour 20 minutes. Laissez refroidir et dégustez en savourant l'exploit que vous venez d'accomplir.

INGRÉDIENTS •
Pour 15 biscuits

50 g de beurre mou
100 g de sucre
2 œufs
180 g de farine
1 cuil. à soupe de levure
100 g de poudre d'amandes
colorant alimentaire rouge
Sucre en poudre pour l'enrobage
Cacao pour l'enrobage

SOUFFLÉS RONCHONS

À Livid City, personne ne s'étonne de voir le gentil fantôme d'Adèle hanter le manoir Vranstock. Une chose fort normale, puisqu'elle adorait déjà y lire, écrire ou raconter des histoires de son vivant. Alors, à présent qu'elle est un fantôme, elle a tout son temps, surtout le soir d'Halloween !

INGRÉDIENTS • Pour 4 convives

450 g de courge (butternut, bleue de Hongrie, musquée de Provence...)
1 noix de beurre
4 œufs
100 g de sucre
1 cuil. à café de quatre-épices (cannelle, muscade, gingembre, girofle)
30 g de farine
Sucre glace pour la décoration

PRÉPARATION • 20 min ◆ CUISSON • 20 min

◆ Comme l'écorce des courges est très dure, et afin de ne pas risquer de vous blesser, vous pouvez les préparer de cette manière : découpez dans le légume des tranches larges de 2-3 cm. Posez-les ensuite bien à plat, évidez-les et parez-les (cela veut dire enlever l'écorce située tout autour). Vous n'avez plus qu'à couper les disques obtenus en cubes.

◆ Faites cuire les morceaux de courge 10 minutes à la vapeur puis réduisez-les en fine purée.

◆ Préchauffez le four à 200 °C (th. 6/7). Beurrez des ramequins. Brisez les œufs en séparant les jaunes des blancs. Fouettez les jaunes avec le sucre, ajoutez les épices et la farine tamisée. Mélangez. Montez les blancs en neige bien ferme puis incorporez-les avec délicatesse en faisant des mouvements amples pour emprisonner l'air, jusqu'à obtenir un mélange homogène et aérien.

◆ Répartissez dans les moules, enfournez pour 10 minutes.

◆ Saupoudrez d'un peu de sucre glace et servez vos soufflés tout de suite, car comme dirait Ignace Bronchon : « Ce ne sont pas les soufflés qui attendent les invités, mais les invités qui attendent les soufflés. »

BOULES DE NOËL

Noël n'est pas vraiment Noël sans neige, et lorsque le blanc manteau n'est pas au rendez-vous, le jovial fantôme du Noël présent nous offre ces boules de neige surprises…

INGRÉDIENTS •
Pour 4 personnes

Matériel
1 moule à demi-sphères de 5-8 cm en silicone
1 grille
4 petits bocaux type Le Parfait®
Sujets de Noël

200 g d'isomalt
3 œufs
50 g de sucre roux
250 g de mascarpone
1 pincée de sel
6 clémentines
6 tranches de pain d'épice
Sucre glace pour le saupoudrage

PRÉPARATION • 30 min ◆ CUISSON • 2 min ◆ REPOS • 5 min

◆ Faites fondre l'isomalt à feu doux (150 °C). Versez-en l'équivalent d'une grosse cuillerée à soupe dans un moule puis tournez rapidement pour que le sucre recouvre bien toutes les parois. Retournez sur une grille, laissez égoutter et durcir. N'hésitez pas à réaliser plus de dômes au cas où certains se briseraient au démoulage.

◆ Brisez les œufs et séparez les jaunes des blancs. Dans un saladier, battez les jaunes avec le sucre jusqu'à ce que le mélange devienne mousseux, puis ajoutez le mascarpone. À part, montez les blancs avec la pincée de sel en neige bien ferme. Incorporez les blancs à la préparation avec délicatesse pour ne pas les faire retomber.

◆ Pressez 4 clémentine au travers d'une passette pour séparer le jus de la pulpe. Épluchez les 2 clémentines restantes et prélevez les suprêmes en ôtant la peau blanche les entourant. Conservez 4 cuillerées à soupe de crème, 1 tranche de pain d'épice et 4 quartiers de clémentine pour la décoration.

◆ Imbibez le pain d'épice avec le jus de clémentine. Disposez le biscuit au fond des bocaux, ajoutez des morceaux de fruits ainsi qu'une généreuse cuillerée de crème. Continuez en terminant par une couche de crème.

◆ Disposez quelques dés de pain d'épice, le reste des clémentines, les sujets de Noël et saupoudrez légèrement de sucre glace.

◆ Démoulez les dômes de sucre, placez-les sur les bocaux. Masquez la base avec de petites rosettes de crème et dégustez bien frais, en attendant le passage du Père Noël.

GAUFRES À RÉFLÉCHIR

Rien n'aide mieux George à cogiter que de bonnes gaufres maison. En dégustant celles-ci, on comprend mieux pourquoi sa « nappe-à-réfléchir » se remplit si rapidement.

PRÉPARATION • 10 min ◆ REPOS • 20 min
CUISSON • 5 min + 5 min par gaufre

◆ Faites fondre le beurre et le lait dans une casserole à feu doux puis laissez refroidir.

◆ Dans un grand saladier, tamisez la farine, brisez l'œuf et mélangez bien. Ajoutez le beurre fondu petit à petit en fouettant vivement afin d'éviter que des grumeaux se forment. Laissez reposer 20 minutes. Si besoin, préchauffez le gaufrier.

◆ Pendant ce temps, épluchez les pommes, ôtez trognons et pépins et coupez en tranches de 2-3 mm d'épaisseur. Selon votre habileté, et votre humeur du jour, vous pouvez utiliser un couteau, une mandoline ou un fleuret.
Faites fondre le beurre dans une poêle à feu vif et saisissez rapidement les pommes. Réduisez le feu, saupoudrez de sucre et laissez cuire encore 5 minutes le temps de bien caraméliser toutes les faces. Réservez.

◆ Versez une louche de pâte dans chaque espace du gaufrier et faites cuire 5 minutes environ jusqu'à ce que les gaufres soient bien dorées. Attrapez-les avec précaution (les pinces à toasts ou à cornichons se révèlent ici très utiles).

◆ Disposez les gaufres sur les assiettes, répartissez joliment les tranches de pommes caramélisées et accompagnez d'1 boule de glace à la vanille. La gourmandise parfaite pour se remettre d'une longue nuit à chasser les spectres !

INGRÉDIENTS •
Pour 6 gaufres

40 g de beurre doux + 40 g pour les pommes
100 ml de lait demi-écrémé
165 g de farine
1 œuf
6 pommes
100 ml de cidre
(ou de jus de pommes pétillant)
60 g de sucre
6 boules de glace vanille

1984
2/ John Fair fax.
Carey Hall

CHAPITRE III

BOLS, MOUSSES & CRÈMES

CRÈME GLACÉE À EN RETOURNER LE MULTIVERS

Lors d'une discussion entre deux exploits entre Tony Stark alias Iron Man et le Dr. Strange, on apprendra que, si le génial ingénieur aime les glaces tutti-frutti, l'ancien chirurgien, lui, préfère les glaces aux pistaches.

PRÉPARATION • 30 min ◆ CUISSON • 10 min ◆ CONGÉLATION • 12 h

◆ Disposez les pistaches dans une poêle et faites-les torréfier à feu vif 10 minutes en remuant de temps à autres. Placez-les ensuite dans un torchon, refermez-le et frottez-les énergiquement pour ôter leur peau. Remettez-les au feu, saupoudrez de 40 g de sucre et laissez caraméliser quelques instants. Laissez refroidir et concassez grossièrement. Réservez.

◆ Cassez les œufs, séparez les blancs des jaunes. Dans un large bol, fouettez les jaunes avec le sucre restant puis réservez.

◆ À part, montez les blancs en neige très ferme. Versez le miel dans une petite casserole et portez à ébullition. Incorporez lentement le miel aux blancs en neige sans cesser de mélanger. Lorsque votre meringue est lisse, brillante, et qu'elle forme une pointe en forme de « bec d'oiseau » au bout du fouet, incorporez-la au mélange œufs-sucre. Incorporez ensuite la crème fouettée.

◆ Une fois le mélange homogène, ajoutez les pistaches et disposez dans le moule de votre choix. Filmez au contact et placez au congélateur toute une nuit.

INGRÉDIENTS •
Pour 6 super-héros·ïnes

Matériel

1 moule de la forme qui vous convient (cake, vaisseau spatial ou autre)

240 g de pistaches, non salées et sans leur coque
80 g de sucre
3 œufs
120 g de votre miel favori
400 ml de crème fouettée

DESSERT DE LA CHAUMIÈRE

Au retour d'une promenade dans la lande ou les bois, faites comme Merlin. Préparez-vous ce dessert sain, savoureux, d'une simplicité magique et prêt en un battement d'ailes.

INGRÉDIENTS •
Pour 4 magicien•ne•s plus ou moins confirmé•é•s

500 g de vos fruits rouges favoris en fonction de la saison
2 branches de thym-citron (facultatif)
4 cuil. à soupe de sirop d'agave (ou de miel)
300 g de faisselle égouttée

PRÉPARATION • 5 min ◆ REPOS • 1 h

◆ À l'aube de la nouvelle lune, rincez les fruits et le thym à l'eau claire d'une source consacrée. Si besoin, équeutez ou dénoyautez les fruits, puis coupez-les s'ils étaient vraiment plus gros que des fraises des bois.

◆ Disposez les fruits dans une jatte, ajoutez le sirop ou le miel, mélangez avec délicatesse et laissez mariner 1 heure le temps d'aller échanger les nouvelles de la forêt avec l'écureuil du coin.

◆ Servez-vous une généreuse portion de fromage frais, ajoutez des fruits à volonté et dégustez en écoutant le chant des oiseaux.

ARCS-EN-CIEL GLACÉS

Pour Abraca et Firmin, résoudre les problèmes des personnages de contes de fées est une aventure de tous les jours. Entre les soucis de shampooing de Raiponce et les interrogations du Grand gentil loup, vous reprendrez bien un esquimau aux couleurs du passage vers le monde d'Imagi ?

PRÉPARATION • 30 min ◆ CONGÉLATION • 12 h

◆ Rincez et préparez les fruits : ôtez les queues, dénoyautez et épluchez ce qui doit l'être (vous pouvez utiliser vos pouvoirs ou préférer faire comme les humains, c'est comme vous voulez).

◆ À l'aide de votre épée magique élégamment maniée, coupez les fruits en cubes et réservez-les dans des bols selon leur couleur. Préparez chaque coulis comme suit : mixez 60 ml d'eau, 80 g de yaourt et les fruits correspondant à chaque couleur. Les préparations doivent être épaisses mais rester fluides.

◆ Si tout se passe comme prévu, que ni Chat botté, ni 8e nain, ni grenouille changée en princesse ne sont venus perturber le déroulement des opérations, vous devriez obtenir 5 purées de 5 couleurs différentes (jaune, orange, rouge, violet, vert).

◆ Pour verser les préparations dans les moules sans que les couleurs ne se mélangent, vous aurez besoin d'un entonnoir. Partez en exploration dans les placards de la cuisine ou bien empruntez l'entrée secrète menant à la bibliothèque magique de Mémé (celle qui est cachée dans les toilettes du premier étage) et dénichez le sort nécessaire.

◆ Alternez dans chaque moule les différentes couleurs dans l'ordre de l'arc-en-ciel terrien (violet, vert, jaune, orange, rouge) et placez au congélateur toute la nuit.

◆ Dégustez tranquillement auprès du puits en attendant le prochain personnage qui aura besoin de votre aide.

INGRÉDIENTS •
Pour 12-15 esquimaux

Matériel
Moules à esquimaux
1 blender ou 1 mixeur plongeant

250 g d'ananas (jaune)
250 g de mangue ou d'abricots (orange)
250 g de fraises ou de framboises (rouge)
250 g de mûres, de cassis ou de myrtilles (bleu-violet)
3 kiwis (vert)
300 ml d'eau
400 g de yaourt à la grecque

CRÈME BRÛLÉE DES NORDIENS

Nous autres, Nordiens, avons créé ce dessert à l'apparence « krokmoutesque » pour rappeler à nos enfants et aux enfants de leurs enfants ce lien si particulier qui nous unit aux dragons.

INGRÉDIENTS •
Pour 6 dragonnier•ère•s

450 ml de lait entier
450 ml de crème liquide
45 g de pâte de sésame noir (en épicerie asiatique)
130 g de sucre
7 jaunes d'œufs
6 cuil. à soupe de vergeoise (pour caraméliser)

PRÉPARATION • 20 min ◆ CUISSON • 45 min
RÉFRIGÉRATION • 10 min

◆ S'il y a une chose de bien pratique avec un dragon, c'est d'avoir de la chaleur à volonté. Demandez à l'un d'entre eux de bien vouloir préchauffer un four à 150 °C (th. 5) et à un second d'allumer un feu très doux sous votre casserole. Versez dedans le lait et la crème, puis délayez la pâte de sésame sous l'œil attentif de votre Furie Nocturne favorite.
Filtrez la préparation au travers d'une passoire ou d'une sorte d'ustensile de ce genre.

◆ Dans un grand saladier (ou un casque nordien maxi-modèle), fouettez le sucre et les jaunes d'œufs jusqu'à ce que le mélange blanchisse.
Incorporez le mélange lait-crème, d'abord cuillerée par cuillerée, puis en filet afin que la chaleur ne cuise pas les œufs.

◆ Répartissez dans des coupelles à l'épreuve du feu et faites cuire au bain-marie durant 40 minutes. Laissez refroidir le temps d'un petit vol d'entraînement.

◆ Saupoudrez de vergeoise et caramélisez à la flamme du plus gourmand des dragons (ou 5 minutes sous le gril du four).

BOL DU MATIN

Si, le matin, vous aussi avez un peu de mal, faites comme Piper et arrêtez le temps. Vous pourrez ainsi profiter à loisir de votre petit déjeuner avant de partir du bon pied lutter contre les forces démoniaques qui ont bouleversé votre existence.

PRÉPARATION • 5 min

◆ Alors que le soleil se lève sur une journée qui s'annonce bien chargée, mélangez le yaourt avec le lait en poudre dans votre bol préféré.

◆ Versez ensuite le sirop d'érable en longs filet le temps de deux respirations, puis l'extrait de vanille le temps d'un battement de cils.

◆ Saupoudrez de café et de cannelle, puis d'un peu de fantaisie et de zestes d'orange.

◆ Dégustez, prenez une grande inspiration : vous voici prêt·e à affronter l'adversité !

INGRÉDIENTS • Pour 1 bol

50 g de yaourt grec
50 g de lait en poudre non sucré
2 cuil. à soupe de sirop d'érable
½ cuil. à café d'extrait de vanille
½ cuil. à café de café lyophilisé
1 pincée de cannelle
1 gratouille de zestes d'orange bio

SALADE DE FRUITS POUR PARENTS FATIGUÉS

Comment amener un sourire sur le visage de vos parents ? Faites comme Amandine ! Cette salade de fruits vitaminée et préparée avec amour pour sa maman lui a valu reconnaissance et bonne humeur pour toute la journée.

INGRÉDIENTS •
Pour 4 à 6 parents et apprentis-sorcier•ère•s (même maladroit·e·s)

2 oranges (ou sanguines)
1 pamplemousse rose (si vous trouvez la variété sweetie, adoptez-la, elle est merveilleuse !)
1 grenade
4 cuil. à soupe de sirop d'agave (ou de miel)

PRÉPARATION • 15 min ◆ RÉFRIGÉRATION • 1 h

◆ Rincez les fruits.

◆ Si vous savez prélever les suprêmes, que ce soit à l'aide d'un sort ou d'un couteau, exécutez-vous avec l'habileté qui vous caractérise.
OU
◆ Coupez les oranges et le pamplemousse en deux au-dessus d'un bol afin de récupérer le jus, et prélevez la chair à l'aide d'une petite cuillère.

◆ Réservez la chair des fruits dans un saladier.

◆ Coupez la grenade en deux. Récupérez les graines, ajoutez-les aux autres fruits.

◆ Versez le sirop d'agave, mélangez avec précaution pour ne pas tout écrabouiller et laissez reposer au frais une petite heure, ou le temps de réparer les dégâts causés par l'atterrissage du balai de votre ami·e sur le balcon.

ULTIME CRÈME GLACÉE

Lorsque Hopper et les autres détenus sont invités à un festin au cours duquel est servie cette crème glacée, ils pensent tout d'abord que celui-ci sera leur dernier repas. Heureusement, Hopper parviendra plus tard à subtiliser un briquet, ce qui lui évitera de finir dans l'estomac du Démogorgon.

PRÉPARATION • 25 min ◆ CUISSON • 5 min

◆ Sortez la crème glacée du congélateur.

◆ Rincez les fraises puis équeutez-les. Réservez 8 fraises et mixez le reste avec le sucre glace. Pressez le citron en le faisant fermement rouler sous votre paume, puis récupérez le jus en le filtrant au travers d'une petite passette. Ajoutez ensuite le jus à la sauce aux fraises. Mixez et réservez.

◆ Reprenez les 8 fraises restantes, fendez-en 2 en quartiers (= 4 morceaux) qui serviront pour la décoration, coupez les 6 fraises restantes en morceaux.

◆ Étalez les amandes en une seule couche dans une grande poêle et faites-les dorer 5 minutes à feu vif (attention, elles brûlent très vite). Laissez-les refroidir hors du feu.

◆ Dans une coupe transparente, disposez les ingrédients en couches comme ceci : 1 cuillerée à soupe de sauce aux fraises, 1 boule de glace vanille, 1 pincée d'amandes, quelques morceaux de fraises et 1 bonne cuillère de crème fouettée. Recommencez jusqu'à terminer par de la crème fouettée. Versez alors 2 cuillerées de sauce à la fraise en la faisant généreusement couler sur la crème et ajoutez les demi-fraises et des amandes effilées.

◆ Dégustez sans tarder, un affreux vous en veut !

INGRÉDIENTS • Pour 4 coupes

Matériel
1 mixeur

100 g de crème glacée à la vanille
400 g de fraises fraîches
50 g de sucre glace
1 citron
150 g d'amandes effilées
1 bonbonne de crème fouettée

COMPOTE DES HALFLINGS

Bien longtemps avant d'être des Hobbits, les semi-hommes étaient des Halflings. Et bien que leur gastronomie se résumât alors aux cueillettes, ils se régalaient déjà de toutes les bonnes choses offertes par la Terre du Milieu.

INGRÉDIENTS •
Pour 4 Halflings

1 citron
3 belles pommes en mélange de vos variétés préférées (chantecler, galipette…)
½ cuil. à café de cannelle moulue
50 g de noisettes (débarrassées de leur coquille)
4 cuil. à soupe de miel

PRÉPARATION • 10 min ◆ CUISSON • 30 min

◆ Appuyez fermement sur le citron, faites-le roulez sous votre paume, coupez-le en deux et récoltez son jus. Filtrez et réservez.

◆ Rincez les pommes. Épluchez-les, ôtez trognons et pépins puis coupez-les en dés irréguliers de 1-2 cm.

◆ Déposez les pommes dans une casserole, saupoudrez de cannelle, ajoutez le jus de citron ainsi que 2 cuillerées à soupe d'eau. Portez à ébullition, et dès que les premières bulles apparaissent, baissez la température pour juste laisser frémir. Couvrez et laissez compoter 30 minutes, jusqu'à ce que les fruits deviennent fondants.

◆ Durant ce temps, concassez grossièrement les noisettes.

◆ Versez le miel dans la compote. Si vous aimez conserver quelques morceaux, mélangez doucement pour ne pas écraser les pommes, si vous préférez une texture plus fondante, mixez les fruits.

◆ Répartissez la compote dans des bols, parsemez de noisettes et servez chaud, tiède ou froid selon votre préférence.

MOUSSE AU CHOCOLAT POUR TEMPS DIFFICILES

Le règne de la Sorcière blanche n'est pas tout rose, pensez-vous ! C'est toujours l'hiver, et jamais Noël ! Alors, quand on est un brave Faune, on fait tout son possible malgré les temps difficiles pour offrir un goûter délicieux à la fille d'Ève rencontrée dans la lande du Réverbère.

PRÉPARATION • 5 min

◆ Versez l'intégralité de la crème dans un grand saladier. Mélangez le sucre et le cacao dans un petit bol bleu (c'est le secret de la recette), puis tamisez-les au-dessus de la crème.

◆ À l'aide d'un fouet, incorporez le cacao sucré à la crème tout en faisant d'amples mouvements pour ne pas faire retomber la crème. Votre préparation doit être aussi légère que de la neige.

◆ Goûtez. Goûtez encore (pour être sûr•e), enfilez votre écharpe rouge la plus douillette, et allez quérir vos invités dans la lande enneigée (n'oubliez pas votre parapluie).

INGRÉDIENTS •
Pour 4 souverain·e·s de Cair Paravel

250 g de crème fouettée (= 1 bombe)
1 cuil. à soupe de sucre glace
40 g de cacao en poudre non sucré

CRÈME AU REGARD DE BASILIC

(recette pour sorcier débutant)

On ne croise le regard du serpent basilic qu'une seule fois, sous peine de se retrouver aussitôt raide mort pour toujours… Sauf si vous avez la chance de le voir au travers d'un fantôme ou dans le reflet d'un miroir !

INGRÉDIENTS •
Pour 4 sorcier•ère•s

8 abricots en conserve
½ litre de lait
1 sachet de préparation pour entremets pistache (type Alsa®)
8 pépites de chocolat

PRÉPARATION • 5 min ◆ CUISSON • 5 min ◆ RÉFRIGÉRATION • 45 min

◆ Kreattur égoutte les abricots et garde le bon jus pour préparer plus tard un cocktail pour sa si noble maîtresse. Ensuite, il coupe 4 abricots en deux dans le sens de la longueur, avec un couteau à la lame bien longue et tranchante, ou alors avec un sort comme celui de Sectumsempra. Les 4 abricots sont maintenant 8 oreillons, ha, ha, ha !

◆ Il prend après les 4 autres abricots et les coupe, coupe, coupe en petits morceaux plus ou moins égaux, pas trop gros mais pas trop petits non plus : comme à peu près l'épaisseur d'un orteil de troll (au repos).

◆ Le bon elfe verse le lait dans une casserole et délaye la préparation à feu doux. Il la laisse épaissir 5 minutes environ (pour être sûr, il lit l'avis du maître magicien au dos du paquet).

◆ Kreattur répartit les morceaux d'abricots tranchés dans le fond des assiettes creuses. Il verse la crème pistache dessus et ensuite, il dispose les demi-abricots bien au milieu, partie creuse dessus (et donc bombée vers le dessous). Attention ! La crème ne doit pas du tout recouvrir la surface des oreillons, ça non, non, non ! La crème doit rester à sa place ! Après, il met les assiettes au froid pour 45 minutes, jusqu'à ce que la crème soit figée.

◆ Le si dévoué serviteur sort les crèmes, et puis il place délicatement les pastilles de chocolat dans les creux où il y avait avant les noyaux, pour faire comme les yeux du grand serpent.

◆ C'est prêt ! Il ne reste plus à Kreattur qu'à présenter ses crèmes à sa si noble maîtresse et à ses invités.

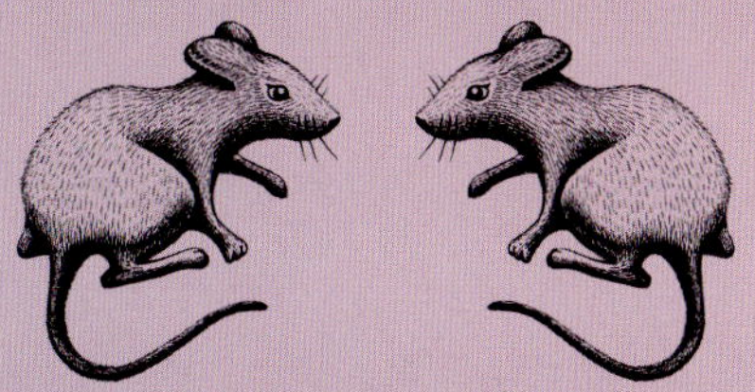

MOULINETTE D'ENFANTS PAS SAGES

Voici ce qui risquerait fort d'arriver aux garnements-sacripants-pouants-grinchonnants qui tomberaient entre les griffes des Sacrées Sorcières…

INGRÉDIENTS •

Pour 6 Sacrées Sorcières

Matériel

1 douille à vermicelle s (ou 1 embout pour pâte à modeler très bien lavé)

450 g de pâte de marrons
150 g de crème de marrons
1 paquet de sablés épais (Roudor®…)
12 petites meringues en rosettes (Bonne Maman®…)
1 petit pot de compote pommes-framboises

PRÉPARATION • 25 min

◆ Aprrrès que vous avez captourrré l'insolent bambin, rrrédouisez-le en bouillie. Pour cela, passez-le à la moulinette ou détendez la pâte de marrrrons avec la crrrème de marrrrons jousqu'à ce qu'elle soit oune peu souple.

◆ Disposez oune petit sablé sur oune belle assiette (sinon le desserrrt est moins bon), posez ensuite oune petite noisette de crème de marrrrons sur le sablé et collez la rrrosette de merrringue dessus.

◆ Placez la crrrème de marrrrons dans oune poche à douille équipée pour les verrrmicelles, et enroulez ceux-ci tout autourrr de la rrrosette de merrringue en faisant oune belle spirrrale du bas jousqu'en haut.

◆ Brrrisez les os et les merrringues rrrestants, parrrsemez-les sur les verrrmicelles et achevez votrrre oœuvrrre en faisant couler la délicieuse compote sanglante sur le tout.

◆ Garrrdez au frrrais jousqu'au moment de serrrvir.

◆ À dégouster lorrrs de la prrrochaine Convention des sorrrcièrrres du monde entier !

TROMPE-L'ŒIL D'ŒUFS AU PLAT

Avec ce trompe-l'œil à la portée de tous·tes les apprenti·e·s magicien·ne·s, à la fois simple mais ô combien efficace, devenez, vous aussi, tel Houdini, un·e virtuose de l'illusion...

PRÉPARATION • 25 min ◆ CUISSON • 5 min ◆ RÉFRIGÉRATION • 2 h

◆ *Pour les apprenti·e·s-magicien·ne·s :*
Égouttez les abricots avec soin, coupez-les en deux, réservez et passez directement à la confection de la panna cotta.

◆ *Pour les illusionnistes confirmé·e·s :*
Épluchez la mangue, coupez la chair en dés et mixez finement. Prélevez 25 cl de coulis, versez-le dans une casserole et saupoudrez d'agar-agar. Portez à ébullition en remuant sans cesse. Au premier bouillon, coupez le feu, continuez à mélanger durant 1 minute et versez le coulis dans les moules. Laissez refroidir et placez au réfrigérateur au moins 2 heures.

◆ Préparez la panna cotta en réunissant tous les ingrédients dans une casserole. Faites chauffer à feu moyen, en fouettant, jusqu'au premier bouillon. Comptez alors 1 minute hors du feu mais toujours en remuant.

◆ Pour une plaque en silicone, glissez un plateau en dessous et versez directement la préparation. Pour une plaque en métal, recouvrez-la de film alimentaire et procédez de la même manière. Laissez prendre 2 heures au froid. Lorsque la panna cotta est bien prise, découpez-la en formant un cercle irrégulier, comme celui des œufs cuits au plat.

◆ Déplacez la crème sur des assiettes avec précaution puis disposez dessus soit les demi-abricots, soit les dômes de gelée de mangue. Tadam !!!

INGRÉDIENTS • 4 magicien·ne·s

Matériel
1 moule à demi-sphères de 3-4 cm
1 plaque à pâtisserie

4 abricots en conserve
OU
1 mangue
1 sachet d'agar-agar

Pour la panna cotta
700 ml de lait de soja
50 g de sucre
2 g d'agar-agar
1 cuil. à café d'extrait de vanille

PAVLOVAS À S'ENVOLER

Selon Mary Poppins, pour s'envoler, la première étape est de penser à des choses qui vous rendent heureux. Gageons qu'avec ces petites pavlovas aériennes, que l'on vous conseille de déguster tête en bas à l'heure du thé, vos pieds décolleront du sol avant même que vous vous en aperceviez.

INGRÉDIENTS •
Pour 8 mini-pavlovas

4 blancs d'œufs
1 pincée de sel
40 g de sucre glace
2 cuil. à café de vinaigre blanc
1 cuil. à café d'extrait de vanille
2 cuil. à soupe de fécule de maïs
200 g de pêches de vigne
(ou en conserve si hors saison)
100 g de groseilles et de myrtilles
(ou de cerises, cassis ou autres fruits rouges selon la saison)
2 bonbonnes de Chantilly

PRÉPARATION • 20 min ◆ CUISSON • 1 h 30

◆ Préchauffez le four à 120 °C (th. 4). Montez les blancs en neige bien ferme avec la pincée de sel. Saupoudrez le sucre petit à petit et continuez à fouetter jusqu'à ce que la préparation soit bien lustrée. Incorporez alors le vinaigre, la vanille et la fécule en mélangeant doucement à la maryse, puis versez dans la poche à douille.

◆ Dessinez 8 cercles de 8 cm sur du papier sulfurisé. Pochez la meringue en spirale sur ces cercles pour former des disques de 8 cm. Disposez ensuite des boudins de meringue sur 2 cercles pour former les rebords des nids.

◆ Enfournez pour 90 minutes, jusqu'à ce que les meringues soient bien sèches. Rincez et épluchez les fruits frais ou égouttez-les s'ils sont en conserve. Coupez les pêches en petits dés.

◆ Répartissez généreusement la crème fouettée dans les nids de meringue. Disposez les fruits de manière harmonieuse et dégustez aussitôt.

TROLLKREM

Saviez-vous qu'il existe en Norvège une route des Trolls ? Bien que ces Nordiques soient des cousins un peu éloignés des petites créatures virtuoses et survoltées, les scandinaves ont conservé la tradition d'un dessert aussi riche et haut en couleur que les joyeux musiciens aux couleurs éclatantes.

PRÉPARATION • 15 min ◆ RÉFRIGÉRATION • 1 h

◆ Récoltez un pot d'eau de pluie, déposez la gélatine dedans et laissez-la ramollir 5 minutes. Échauffez votre voix, esquissez quelques pas de danse, rincez les fruits, conservez 2 poignées de fruits pour la décoration et mixez le reste en purée. Saupoudrez de sucre glace et, tout en restant dans la cadence, ajoutez la crème fouettée.

◆ Faites tiédir le jus d'orange dans un chaudron, égouttez la gélatine et faites-la fondre dans le jus d'orange en mélangeant à l'aide d'un fouet. Versez ce mélange sur les fruits crémés en mélangeant bien, ajoutez une poignée de fruits mis de côtés. Mélangez encore.

◆ Versez le tout dans un plat ou dans un moule de la forme de votre choix et laissez prendre au frais, dans le cours de la rivière ou au réfrigérateur, au moins 1 heure.

◆ Démoulez et décorez de fruits au moment de servir. À déguster sans cesser de danser et chanter !

INGRÉDIENTS •
Pour 8 trolls (ou 4 très gourmands)

6 feuilles de gélatine
300 g de cassis ou de myrtilles
300 g de fraises
300 g de groseilles
2 cuil. à soupe de sucre glace
½ litre de crème Chantilly
4 cuil. à soupe de jus d'orange

CHAPITRE IV

GROS GÂTEAUX

GÂTEAUX EMPORTABLES À L'ANGÉLIQUE

C'est bien dommage que les jeunes passent autant de temps sur les écrans. S'ils lâchaient un peu leurs consoles et ouvraient quelques grimoires, ils sauraient que, nous, les sœurs Sanderson, nous dé-tes-tons l'angélique ; rien de tel pour nous neutraliser. Mais ça, les chers petits l'ignorent, ha, ha, ha !

INGRÉDIENTS •
Pour 6-8 adolescent·e·s prévoyant·e·s

Matériel
1 moule à cake antiadhésif

3 œufs
1 pincée de sel
120 g d'angélique confite
180 g de farine de riz
120 g de beurre
140 g de sucre
½ sachet de levure chimique

PRÉPARATION • **20 min** ◆ CUISSON • **40 min**

◆ Lorsque la lune se lève sur une nuit à sorcières, brisez les œufs et séparez les jaunes des blancs. Montez les blancs en neige avec une pincée de sel en les fouettant d'abord lentement puis de plus en plus vite.

◆ Préchauffez le four à 180 °C (th. 6). Coupez les bâtonnets d'angélique en petits dés, saupoudrez-les d'un peu de farine et remuez-les pour les décoller, puis réservez. Faites fondre le beurre coupé en morceaux 30 secondes au micro-ondes.

◆ Battez les jaunes d'œufs dans une jatte avec le sucre jusqu'à ce que le mélange blanchisse. Ajoutez la farine et la levure en les tamisant, incorporez le beurre et, lorsque la préparation est homogène, incorporez les blancs d'œufs délicatement pour ne pas les faire retomber. Enfin, ajoutez l'angélique.

◆ Versez dans le moule et enfournez pour 40 minutes. Laissez refroidir avant de démouler. Emportez une part avec vous en sortant et, quoi qu'il arrive surtout, n'allumez pas la bougie noire !

GÂTEAU AU CHOCOLAT DE CHEZ NORA

C'est Chez Nora que les héros de Jumanji se réunissent et savourent la fin de leurs aventures autour des inoubliables gâteaux au chocolat de la chère Nora.

PRÉPARATION • 20 min ◆ CUISSON • 40 min

◆ Placez une casserole vide sur une seconde remplie d'eau jusqu'à la moitié pour faire un bain-marie et mettez à chauffer. Brisez le chocolat en morceaux, découpez le beurre en gros morceaux et mettez le tout à fondre dans la casserole vide sur le bain-marie.

◆ Préchauffez le four à 180 °C (th. 6). Cassez les œufs en mettant d'un côté les blancs et de l'autre les jaunes. Tamisez la farine, la fécule et la levure au-dessus d'un saladier, ajoutez ensuite le sucre puis les jaunes d'œufs un à un. Saupoudrez les blancs d'œufs d'une pincée de sel et, à l'aide d'un batteur, montez-les en neige très ferme en commençant par les battre lentement, puis de plus en plus vite. Les blancs sont parfaits si, lorsque l'on retourne le saladier au-dessus de la tête d'un courageux, rien n'en tombe (dans le cas contraire, excusez-vous, nettoyez et recommencez).

◆ Versez le mélange chocolat-beurre sur la farine et les œufs, petit à petit pour ne pas cuire les jaunes d'œufs, puis incorporez délicatement les blancs en neige.

◆ Versez le tout dans votre moule à gâteau préféré et enfournez pour 40 minutes environ. Laissez refroidir autant que faire se peut avant de déguster.

Note : la meilleure manière d'apprécier ce gâteau est de le savourer en bonne compagnie.

INGRÉDIENTS •
Pour 8 aventuriers•ères

200 g de chocolat à cuire
180 g de beurre
6 œufs
50 g de farine
50 g de fécule de maïs
½ sachet de levure chimique
180 g de sucre en poudre
1 pincée de sel

CHEESECAKE DU JARDIN

Lorsque Clochette la bricoleuse tente de devenir une fée de la nature, les catastrophes se multiplient, retardant l'arrivée du printemps. Heureusement, elle finit par s'accepter telle qu'elle est et la belle saison peut enfin arriver avec son cortège de fleurs et de merveilleux délices du jardin.

INGRÉDIENTS •
Pour 6 fées et lutins

Pour le biscuit
250 g de spéculoos
80 g de beurre mou

Pour la compote
400 g de rhubarbe
50 g de sucre

Pour la crème
2 œufs
20 g de fécule de maïs
100 g de sucre + 30 g pour saupoudrer
100 g de crème légère
800 g de fromage blanc entier
400 g de fraises

PRÉPARATION • 35 min ◆ CUISSON • 1 h 10 min
RÉFRIGÉRATION • 4 h

◆ Ce gâteau est encore meilleur s'il est réalisé la veille, bien qu'il ait une étrange tendance à disparaître... comme par magie. Préchauffez le four à 180 °C (th. 6). Si besoin, beurrez votre moule. Émiettez les biscuits et réduisez-les en poudre grossière (les morceaux apporteront du croustillant au gâteau). Mélangez avec le beurre mou puis tassez la pâte obtenue sur tout le fond du moule. Réservez au frais.

◆ Rincez les tiges de rhubarbe, retirez les bords ainsi que les fils et coupez en tronçons de 2-3 cm. Déposez-les dans une casserole sur feu moyen et saupoudrez de sucre. Laissez compoter 15 minutes sans couvrir. Ôtez du feu et réservez.

◆ Dans un grand bol, brisez les œufs, récupérez les bouts de coquilles si besoin et fouettez avec la fécule, le sucre, la crème et le fromage blanc. Incorporez la compote de rhubarbe. Versez dans le moule et enfournez pour 55 minutes. Vérifiez la cuisson : lorsque vous remuez le plat, le centre ne doit plus trembler. Laissez refroidir et placez au frais au moins 4 heures sans démouler.

◆ Après ce temps ou le lendemain, rincez et équeutez les fraises. Coupez-les en lamelles, disposez-les harmonieusement sur la compote. Saupoudrez de sucre et dégustez parmi les fleurs.

ASTÉRIX & OBÉLIX

PUDDING SANS ARSENIC

Alors qu'ils aident à construire un nouveau palais pour Cléopâtre, nos amis gaulois s'attirent les foudres et la jalousie de l'architecte Amonbofis. Celui-ci concocte alors un gâteau à l'arsenic qu'il envoie à la reine d'Égypte en faisant accuser les Gaulois d'avoir voulu empoisonner la souveraine. En voici notre version, moins... agressive.

INGRÉDIENTS •
Pour 6-8 Gaulois•es

Matériel
1 moule de 1,5 l environ (en silicone)

180 g de beurre
60 g de sucre en poudre
200 g de miel
60 ml de jus de citron (ou de clémentine)
2 œufs
370 g de farine
1 sachet de levure chimique
60 g de zestes de citron confits

Pour la marmelade
3 oranges sanguines
3 oranges
125 g de sucre
50 g de miel

PRÉPARATION • 35 min ◆ CUISSON • 2 h 30

◆ Faites fondre le beurre, le sucre, le miel avec le jus de citron dans une poêle à feu moyen. Ôtez du feu et réservez. Battez les œufs dans le mélange précédent, ajoutez la farine et la levure en les tamisant puis les zestes confits (non moisis dans du vert-de-gris). Versez la préparation dans le moule. Enveloppez hermétiquement dans deux couches de papier d'aluminium. Faites cuire au cuiseur vapeur durant 2 heures.

◆ Si vous n'en avez pas, nouez un torchon autour du moule et posez le tout dans un bain-marie rempli d'eau bouillante jusqu'à mi-hauteur. Laissez cuire 2 heures en rajoutant de l'eau bouillante chaque fois que le niveau baisse.

◆ Pendant ce temps, préparez la marmelade. Ôtez l'écorce et la peau blanche des fruits, puis prélevez les quartiers en les débarrassant de leur enveloppe transparente. Conservez quelques morceaux. Laissez compoter le reste des fruits à feu moyen durant 35 minutes et ajoutez le sucre en poudre (oui !!). Ajoutez alors le miel, laissez refroidir et réservez.

◆ Placez le moule sur un plan de travail, ôtez torchon et feuilles d'aluminium en veillant à ne pas vous brûler et vérifiez la cuisson du pudding à l'aide de la pointe d'un couteau : plongée au centre, elle doit ressortir propre et sèche. Servez tiède, recouvert de marmelade et de quartiers d'oranges (pour adoucir le mélange). Ce pudding sans arsenic nous permet ce pronostic : que mangeront les crocodiles, demain sur les bords du Nil ? Pas de Gauuuuuloiiiiiiis !

DÉLICE TRANSYLVANIEN

Si les monstres accourent dans notre hôtel, ce n'est pas tant parce que notre établissement est capable d'exaucer le moindre de leurs désirs (faut tout de même pas exagérer non plus, hein). Non, non, c'est surtout pour déguster notre incomparable spécialité locale.

PRÉPARATION • 35 min ◆ **CUISSON** • 40 min

◆ Réhydratez les raisins en les faisant tremper 15 minutes dans le jus d'orange, puis égouttez-les. Prélevez les zestes de citron, blanchissez-les 5 minutes dans de l'eau bouillante, égouttez encore et hachez-les. Faites cuire les vermicelles dans de l'eau là aussi bouillante, égouttez encore.
Note : les bandelettes de Murray la Momie sont très pratiques pour égoutter, mais elles laissent comme une odeur...

◆ Préchauffez le four à 180 °C (th. 6). Brisez les œufs, ôtez les bouts de coquille, séparez les jaunes des blancs. Faites fondre 75 g de beurre 30 secondes au micro-ondes. Dans un large bol, fouettez les jaunes d'œufs et le sucre. Coupez la gousse de vanille en deux dans le sens de la longueur, grattez la pulpe puis ajoutez les grains à la préparation. Incorporez ensuite le fromage frais, les raisins, les zestes de citron et les vermicelles.
Ça fait beaucoup de travail ? Embauchez vos ami·e·s, ils seront ravis de vous aider... Au pire, hypnotisez-les.

◆ Battez les blancs d'œufs en neige très ferme, ajoutez ensuite la crème fouettée en mêlant le tout de manière à conserver un ensemble le plus aéré possible. Mélangez la seconde préparation à la première.

◆ Faites fondre le reste du beurre. Étalez la pâte filo au fond de votre moule en remontant sur les côtés. Badigeonnez de beurre fondu. Versez la préparation dans le moule. Recouvrez avec les feuilles de pâte restantes. Battez le dernier œuf, dorez le gâteau à l'aide d'un pinceau puis enfournez pour 35 minutes. Laissez refroidir 15 minutes et gardez bien l'Homme Invisible à l'œil...

INGRÉDIENTS •
Pour 8 créatures de poils, plumes, écailles, etc.

100 g de raisins secs
1 verre de jus d'orange
Les zestes d'1 citron bio
200 g de cheveux d'ange (rayon pâtes italiennes)
4 œufs + 1 pour la dorure
75 g de beurre + 75 g pour badigeonner
50 g de sucre glace
1 gousse de vanille
600 g de fromage frais (type Madame Loïk®)
1 bombe de crème fouettée
6 feuilles de pâte filo

MARY POPPINS

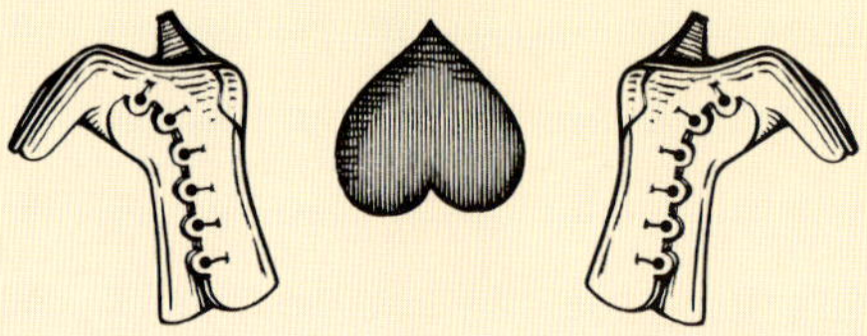

GÂTEAU RENVERSÉ-RENVERSANT POUR THÉ AU PLAFOND

À chaque fois, c'est la même chose. Oncle Albert rit et s'amuse tant lorsqu'il prend le thé en compagnie de Mary Poppins qu'il s'envole et caracole jusqu'au plafond, ou il finit par prendre son goûter tête, table et gâteaux à l'envers.

PRÉPARATION • 20 min ◆ **REPOS** • 1 h ◆ **CUISSON** • 30 min

◆ Tandis qu'Oncle Albert montre aux enfants comment rejoindre le plafond (très facile, il suffit de penser à des choses joyeuses !), préparez la pâte en mélangeant la farine tamisée, le sel et le beurre coupé en morceaux. Frottez entre vos mains jusqu'à obtenir une pâte sableuse puis ajoutez l'œuf, pétrissez, roulez la pâte en boule, et laissez reposer 1 heure au frais.

◆ Préchauffez le four à 220°C (th. 7/8). Préparez votre caramel en versant le sucre dans une casserole sans jamais le remuer. Lorsque le caramel prend une couleur ambrée mais pas encore cuivrée, versez-le sans attendre dans le plat de cuisson, et laissez refroidir.

◆ Préparez alors les fruits : rincez-les, épluchez-les, ôtez pépins et cœurs, puis coupez en tranches de 3-5 mm d'épaisseur. Disposez les morceaux de pommes et de poires dans le moule, sur le caramel. Saupoudrez-les de 3 cuillérées de sucre et parsemez de noisettes de beurre. Étalez ensuite la pâte sur 3-5mm d'épaisseur en formant un disque un peu plus large que le plat. Recouvrez la pâte avec les fruits en bordant bien les bords et enfournez pour 25 minutes.

◆ Sortez la tarte du four, retournez-la sur un plat, saupoudrez d'1 cuillère de sucre, et passez-la sous le grill du four à peine 5 minutes, juste le temps de la faire caraméliser. Montez rejoindre votre famille au plafond et régalez-vous en rebondissant de tous côtés !

INGRÉDIENTS •
Pour 6-8 personnes

Pâte à tarte
200 g de farine
1 pincée de sel
160 g de beurre
1 œuf

La garniture
500 g de pommes
(celles que vous aimez)
500 g de poires (idem)
4 cuil. à soupe de sucre
25 g de beurre

Le caramel
120 g de sucre

BASBOUSSA

Au cas où une inspectrice des Affaires étrangères inspecterait le Musée familial avant de délivrer les permis de fouille, alors qu'une momie nouvellement réveillée sèmerait le chaos à l'étage du dessus, n'hésitez pas, le basboussa sera votre meilleur allié pour détourner l'attention.

INGRÉDIENTS •
Pour 4 archéologues

Matériel
Le moule de votre choix
1 plat un peu plus grand que le moule

½ litre de lait
300 g de semoule fine
15 g de beurre
1 œuf
15 g de sucre
½ cuil. à soupe de fécule
150 ml d'eau
150 ml de jus de fruit rouge (cerises...)

PRÉPARATION • 10 min ◆ REPOS • 30 min ◆ CUISSON • 20 min

◆ Faites bouillir le lait dans une grande casserole. Dès les premiers frémissements, baissez le feu, versez la semoule et laissez cuire en remuant constamment 15 minutes jusqu'à ce que la semoule soit bien tendre.

◆ Ajouter alors le beurre, l'œuf et le sucre sans cesser de mélanger et portez à nouveau à ébullition. Versez le mélange dans votre moule en tassant bien, puis placez celui-ci dans un plat rempli d'eau fraîche pour stopper la cuisson. Laissez complètement refroidir avant de démouler.

◆ Réalisez le coulis en délayant la fécule dans un peu d'eau, puis en mélangeant dans une casserole avec le reste de l'eau ainsi que le jus de fruit. Portez à ébullition durant 5 minutes en remuant sans cesse, puis ôtez du feu et laissez refroidir.

◆ Versez le coulis sur le gâteau de semoule et prenez un air très intéressé par ce que vous raconte l'inspectrice des Affaires étrangères, sans paraître prêter attention au fracas provoqué par la momie.

MERVEILLE DU PAYS DES CONTES

Saviez-vous que le charmant Coqueluche, le chat de Mémé Carabosse, est en réalité le très fameux Chat botté ? Fin gourmet, il régale Abraca, Firmin ainsi que leurs visiteurs magiques de ses créations merveilleuses et spectaculaires.

INGRÉDIENTS •
Pour 8 à 10 fées et mages

Matériel
1 moule « Ali di Fata » de Silikomart®

Pour le pistil et la torsade abricot
250 g d'abricots
(frais ou en conserve)
1 cuil. à soupe de Vitpris (pectine)
1 cuil. à soupe de sucre

Pour la torsade framboise
200 g de framboises
1 cuil. à soupe de Vitpris® (pectine)
1 cuil. à soupe de sucre

Pour la fleur de framboise
300 g de yaourt à la framboise

Pour le dressage
150 g de fromage blanc
1 bonbonne de chantilly
500 g de yaourt à la vanille
1 paquet de sablés type Roudor®

Ne soyez pas impressionné·e, cette recette s'adapte à votre emploi du temps et ne vous prendra pas plus de 20 minutes par soir… avant le grand soir.

PRÉPARATION • 4 x 20 min ◆ CONGÉLATION • 4 x 12 h
RÉFRIGÉRATION • 1 h

◆ *Soir 1*
Préparez les coulis d'abricots et de framboises. Mixez les fruits, délayez la pectine avec le sucre, mélangez le tout et portez 2 minutes à ébullition. Mettez en poche à douille et emplissez le moule pistil de coulis d'abricots. Pochez ensuite sur le tapis strié 1 torsade sur 3 avec de l'abricot, puis celle juste à côté avec de la framboise. Congelez le tout toute la nuit.

◆ *Soir 2*
Emplissez le moule fleur de yaourt à la framboise jusqu'au tiers. Démoulez le pistil, insérez-le en appuyant légèrement et recouvrez de yaourt. Congelez pour la nuit. Mélangez le fromage blanc avec 200 g de chantilly. Pochez sur la 3e torsade, puis recouvrez toutes les torsades de ce mélange. Placez le tapis strié dans le moule gouttière, torsades vers l'intérieur et congelez pour la nuit.

◆ *Soir 3*
Emplissez le moule cylindrique de yaourt à la vanille jusqu'au tiers. Démoulez la fleur et disposez-la dans le moule. Comblez avec le reste du yaourt, lissez et congelez pour la nuit.

◆ *Soir 4*
Montage : déposez une fine épaisseur de chantilly sur les torsades dans le moule gouttière. Démoulez le cylindre et placez-le dans la gouttière. Refermez le moule avec le couvercle puis pochez une couche de chantilly jusqu'à 0,5 centimètre du bord. Émiettez les sablés, disposez-les dans l'espace restant en appuyant légèrement. Congelez pour la nuit.

◆ *Le jour J*
Démoulez la gouttière, ôtez le tapis strié. Disposez la bûche sur le plat de service et rez 1 cm à chaque extrémité. Placez 1 heure au réfrigérateur avant de déguster.

GÂTEAU ENID & MERCREDI

On aurait juré qu'elles seraient trop opposées pour s'entendre, et pourtant, comme le jour et la nuit ou comme les deux moitiés de ce gâteau, Enid et Mercredi sont indissociables !

Le biscuit, la veille

◆ Préchauffez le four à 150°C et chemisez le moule avec du beurre et du papier cuisson sur au moins 8 cm de hauteur. Dans un saladier, fouettez les œufs et le sucre jusqu'à ce que le mélange blanchisse. Ajoutez ensuite la farine et la levure tamisées et mélangez délicatement à l'aide d'une spatule. Incorporez la crème jusqu'à ce que la préparation soit bien lisse.

◆ Versez la pâte dans le moule et enfournez pour 50 minutes à 1 heure. Vérifiez la cuisson du gâteau avec la pointe d'un couteau. Laissez refroidir 10 minutes avant de démouler. Faire refroidir le biscuit sur l'envers. Une fois le biscuit totalement froid, emballez-le avec du film alimentaire et placez au réfrigérateur pour toute la nuit (toujours tête en bas).

La chantilly mascarpone, la veille

◆ Dans un saladier, versez la crème bien froide, le mascarpone, le sucre. Battez au fouet électrique en augmentant progressivement la vitesse, jusqu'à obtenir une chantilly ferme. Répartissez-la dans deux saladiers, ajoutez la vanille dans l'un et la pâte à tartiner dans l'autre. Mélangez bien et placez dans deux poches à douille. Réservez au frais.

La crème au beurre à la meringue suisse, le jour même

◆ Dans le bol du robot versez les blancs et le sucre. Faites monter le mélange au bain-marie à 80°, tout en fouettant. Quand le mélange est à la bonne température, posez le bol sur le socle du robot et fouettez à pleine vitesse jusqu'à ce que la meringue soit ferme et ait refroidi.

◆ Baissez la vitesse du robot au minimum et ajoutez le beurre pommade petit à petit. Fouettez de nouveau à pleine vitesse pendant quelques minutes. Lorsque la préparation devient homogène, baissez de nouveau la vitesse au minimum et fouettez durant une quinzaine de minutes afin de l'assouplir et de retirer les bulles. Divisez la crème en deux. Ajoutez du colorant violet dans une moitié et du colorant rose dans l'autre. Placez les crèmes dans deux poches, et réservez à température ambiante pour le montage.

Le montage

◆ Coupez le biscuit en 3 parties égales dans l'épaisseur afin d'obtenir des biscuits d'environ 2 cm de hauteur. Déposez une pointe de crème

PRÉPARATION • **3 x 45 min**
CUISSON • **1 h**
RÉFRIGÉRATION **1 nuit**

INGRÉDIENTS •
Pour 10 à 12 élèves de la Nevermore Academy

Matériel
1 thermomètre à cuisson
1 robot pâtissier
1 moule à charnière de 15 cm de diamètre

Pour le biscuit vanille
160g de farine
100g d'œufs entiers
160g de sucre en poudre
160g de crème liquide entière
6g de levure
1cc de vanille en poudre ou 1 gousse de vanille

Pour la chantilly mascarpone
110g de crème liquide entière 30% MG. froide
110g de mascarpone
20g de sucre
1CS de pâte à tartiner
1 demi gousse de vanille

Pour la crème au beurre à la meringue suisse
6 blancs d'œufs
350g beurre pommade
180g sucre

Pour la décoration
Candy melt blanc
Colorants en gel rose, orange, noir et violet
Perles en sucre
Un petite barquette de framboises
Quelques pépites de chocolat

au beurre sur le plat de service et fixez-y le biscuit le moins plat. Placez des repères (un Post It par exemple) de part et d'autre du gâteau afin de repérer chaque moitié. Pochez sur les contours intérieurs du gâteau 1 ou 2 boudins de crème au beurre à hauteur de la garniture pour éviter qu'elle ne s'échappe (rose pour le coté framboise et violette pour le côté chocolat). Garnissez la moitié rose avec la moitié de la chantilly vanille, en ajoutant des framboises fraîches. Faites de même avec la moitié de la chantilly chocolat du côté violet en décorant de pépites de chocolat. Renouvelez l'opération avec le second biscuit et terminez le montage avec le biscuit le plus plat.

◆ Recouvrez le dessus du gâteau puis les contours avec les crèmes au beurre, à l'aide d'une petite spatule. Lissez ensuite à l'aide d'un lisseur et d'un plateau tournant. Réservez le gâteau au réfrigérateur pendant minimum 1 heure.

◆ Faire fondre 50g de candy melts au bain-marie (ajoutez 1 ou 2 cuillerées d'huile neutre si nécessaire pour le fluidifier). Divisez en 2 et colorez une partie en orange et l'autre en noir. Le candy melt doit être tiède.

◆ À l'aide d'une petite cuillère ou une poche à douille, formez des coulures orange sur le côté rose, et des coulures noires sur le côté violet. Pochez le restant de la crème au beurre à l'aide d'une poche munie d'une douille cannelée. Parsemez de perles en sucre et réservez au frais avant de servir.

CHEESECAKE DU TEMPS DE SAMAIN

« Des bonbons ou un sort ! » C'est Halloween au 1329, Prescott Street ! Évidemment, Phoebe, Piper et Prue Halliwell ont préparé avec soin cette fête, centrale dans la vie des sorcières. Elles ont prévu les bonbons et les lanternes en citrouille, et avec la chair des courges, elles ont préparé ce délicieux cheesecake, tellement envoûtant que sa recette figure à coup sûr dans le grimoire familial…

PRÉPARATION • **20 min** ◆ **CUISSON** • **40-50 min**

◆ Préchauffez le four à 180 °C (th. 6). Tapissez votre moule favori (20 cm environ) avec le papier sulfurisé. Mixez les biscuits en fine poudre. Faites fondre le beurre 30 secondes au micro-ondes. Dans un bol, versez le beurre sur la poudre de biscuits. Mélangez bien. Étalez la pâte obtenue dans le fond du moule en pressant avec le dos d'une cuillère pour bien la faire adhérer et réservez.

◆ Comme l'écorce des courges est très dure, et afin de ne pas risquer de vous blesser, vous pouvez les préparer de cette manière : découpez des tranches larges de 2-3 cm. Posez-les ensuite bien à plat, évidez-les et parez-les (cela veut dire enlever l'écorce située tout autour). Coupez les disques obtenus en cubes et faites-les cuire 10 minutes à la vapeur avant de les réduire en purée.

◆ Mélangez la purée de courge, le fromage frais, le sucre et les épices jusqu'à ce que le mélange soit homogène. Ajoutez les œufs et le jus de citron.

◆ Versez le mélange dans le moule et enfournez pour 30-40 minutes jusqu'à ce que le dessus soit bien doré et que la pointe d'une baguette magique (ou d'un couteau) plongée au centre du gâteau ressorte sèche.

INGRÉDIENTS •
Pour 8 sorcier•ère•s, médiums, etc.

120 g de spéculoos
50 g de beurre
500 g de courge (butternut, bleue de Hongrie, musquée de Provence)
250 g de fromage frais
70 g de sucre
1 pincée de quatre-épices
2 œufs
Le jus d'1 citron

ROULÉ À L'ABRICOT

Dans l'Armoire magique, quand Peter, Susan et Lucy arrivent chez M. et Mme Castor — sans Edmund, alors sous le charme de la Sorcière blanche —, ceux-ci les régalent d'un merveilleux repas dont le point d'orgue est la fierté de Mme Castor : son merveilleux gâteau roulé.

INGRÉDIENTS •
Pour 6 invités surprises

4 œufs
1 pincée de sel
50 g de beurre
100 g de sucre en poudre
100 g de farine
150 g de confiture d'abricots
4 abricots frais ou en conserve

PRÉPARATION • 20 min ◆ CUISSON • 10 min

◆ Préchauffez le four à 180 °C (th. 6) et tapissez un plat carré de papier cuisson. Enfilez votre plus beau tablier et, pendant que M. Castor s'affaire au barrage, brisez les œufs et séparez les jaunes des blancs. Montez les blancs en neige bien ferme avec une pincée de sel dans une terrine à fleurs bleues et réservez.

◆ Faites tiédir le beurre dans une petite casserole posée sur feu doux. Dans une seconde jatte à la couleur et au motif de votre choix, battez les jaunes d'œufs avec le sucre jusqu'à ce que le mélange blanchisse et devienne mousseux. Incorporez alors la farine tout en la tamisant, puis le beurre et enfin les blancs en neige. Mélangez en faisant des gestes bien amples de manière à faire entrer le plus d'air possible dans votre préparation. Versez la pâte dans le plat et enfournez pour 10 minutes.

◆ Sortez le biscuit du four. Étalez un torchon à rayures bien propre sur la table de la cuisine, déposez le biscuit dessus puis enroulez-le encore tout chaud dans le torchon. Laissez refroidir ainsi. Pendant ce temps, rincez ou égouttez les fruits, ôtez les noyaux puis coupez les abricots en fines lamelles.

◆ Déroulez le biscuit, nappez généreusement de confiture, disposez les lamelles d'abricot. Refermez le gâteau, lissez et coupez en tranches généreuses. Entendez-vous ces rires et ce bruit de clochettes ? Il se pourrait bien que l'hiver de la Sorcière blanche touche à sa fin et que ce soit bientôt Noël...

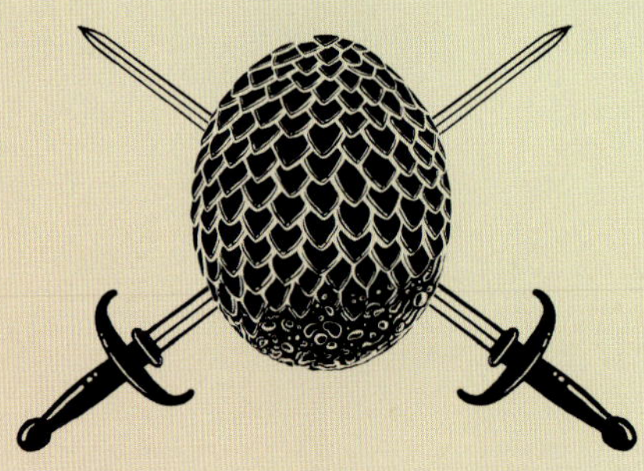

TARTE ULTIME

Alors que Geralt et Yennefer échappent à une chute mortelle au cours d'une traque au dragon, ils découvrent au cours du dîner la véritable identité de Borch, leur commanditaire. Celui-ci n'est autre que Villentretenmerth, le dragon doré les ayant embauchés pour protéger son œuf contre les traqueurs.

PRÉPARATION • 20 min ◆ REPOS • 40 min ◆ CUISSON • 1 h 05

◆ Tamisez la farine et mélangez tous les ingrédients secs. Ajoutez ensuite l'huile et le jus de citron, pétrissez et versez l'eau petit à petit. Peut-être aurez-vous besoin de 80 ml, peut-être de 120 ml : la pâte ne doit plus être cassante ni collante mais être aussi souple que l'esprit d'un magicien. Roulez-la en deux boules de même taille et laissez reposer au moins 40 minutes au frais.

◆ Lavez les fruits, équeutez les cerises, dénoyautez-les, puis épluchez les pommes et ôtez pépins et trognons. Coupez les pommes en dés de 1-2 cm environ. Versez les fruits dans une casserole posée à feu moyen, ajoutez le sucre et le jus de citron, mélangez bien puis laissez compoter 15 minutes. Incorporez la fécule de maïs et laissez refroidir hors du feu.

◆ Préchauffez le four à 200 °C (th. 6/7). Étalez les deux boules de pâte sur un 0,5 cm d'épaisseur. Disposez la première dans votre moule à tarte. Piquez le fond avec une fourchette pour éviter la formation d'orbes d'ondulation (aussi appelés « bulles »). Versez la compote. Dans le reste de pâte, découpez la forme d'une tête de loup, faites un petit trou pour l'œil et déposez-la sur la tarte. Brisez l'œuf, battez-le et badigeonnez la tête de loup à l'aide d'un pinceau. Mettez au four pour 50 minutes. Un délice encore meilleur le lendemain… s'il en reste !

INGRÉDIENTS •
Pour 8 mages-guerrier•ère•s

Pour la pâte
375 g de farine
1 cuil. à soupe de sucre
1 pincée de sel
3 cuil. à soupe d'huile neutre
1 cuil. à soupe de jus de citron
100 ml d'eau

Pour la garniture
750 g de cerises
2 pommes
250 g de sucre
1 cuil. à soupe de jus de citron
50 g de fécule de maïs
1 œuf pour la dorure

GÂTEAU D'ANNEAUX

Trois anneaux pour les rois elfes, sept pour les seigneurs nains, neuf pour les hommes, un pour le Seigneur ténébreux… Mais combien après le passage des gourmands ?

INGRÉDIENTS •
Pour une compagnie de 20 elfes, hobbits, nain·e·s, humain·e·s, magicien•ne•s

Matériel

1 compas
Papier sulfurisé

400 g de sucre glace
50 g de farine
4 blancs d'œufs
400 g de poudre d'amandes
2 cuil. à café d'extrait de vanille
200 g de sucre glace
200 ml de jus de citron

PRÉPARATION • 20 min ◆ CUISSON • 10 min

◆ Versez le sucre et la farine dans une jatte, ajoutez les blancs d'oeufs, la poudre d'amandes, l'extrait de vanille et pétrissez jusqu'à obtenir une pâte ferme. Roulez en boule, entourez de film alimentaire et placez au frais pour 1 nuit.

◆ Préchauffez le four à 180 °C (th. 6). Sortez la pâte et laissez-la 30 minutes à température ambiante. Étalez le papier cuisson et, à l'aide du compas, tracez 15 cercles de différents diamètres en débutant à 8 cm et en augmentant de 1 cm à chaque nouvel anneau. Formez des boudins de la largeur de votre doigt. Enroulez les anneaux à la taille des cercles de vos modèles.

◆ Déposez sur une plaque garnie de papier cuisson et enfournez-les 10 à 12 minutes selon leur taille en surveillant bien la cuisson : les plus petits vont cuire plus vite que les grands. Sortez-les lorsque leur couleur devient semblable à celle de la Lórien (dorée).

◆ Laissez refroidir 30 minutes le temps d'admirer la Comté puis réalisez le montage. Disposez devant vous les anneaux par taille en allant du plus grand au plus petit. Préparez le glaçage en délayant le sucre glace avec le jus de citron. Tracez des entrelacs de glaçage sur le plus grand des anneaux et posez le suivant tout de suite au-dessus pour que le glaçage les soude. Recommencez jusqu'à utilisation de tous les anneaux.

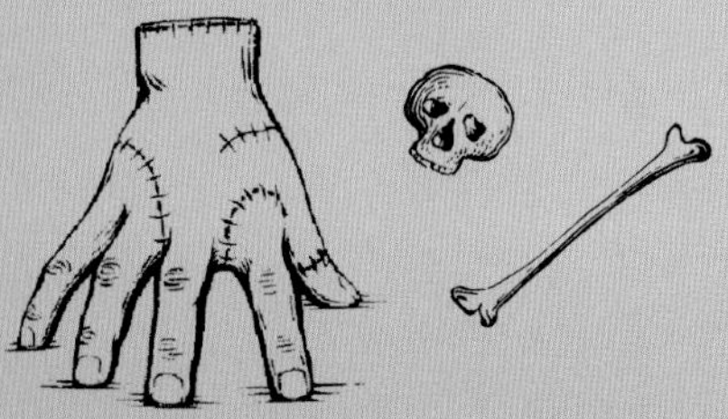

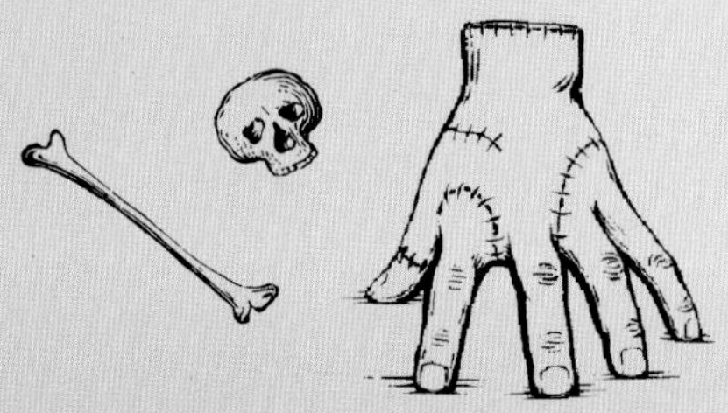

CHOSE DE GRANDMAMA ADDAMS

Vous savez ce que c'est, on se lance dans une recette, on est interrompu, on reprend plus ou moins là où on s'était arrêté et le résultat est totalement inattendu. C'est ainsi, en préparant l'une de ses fameuses « recettes anatomiques », que Grandmama Addams aurait créé La Chose.

PRÉPARATION • 30 min ◆ CUISSON • 5 min ◆ CONGÉLATION • 12 h

◆ Rincez le gant à grande eau pour le débarrasser de son talc, retournez-le pour le sécher. Replacez-le ensuite dans le bon sens et huilez-le légèrement pour faciliter le démoulage. Pratiquez des incisions de 5 mm au bout de chaque doigt pour laisser passer l'air.

◆ Faites fondre les marshmallows dans un bol posé sur un bain-marie bien chaud. Préparez un plat, versez-y un peu d'eau fraîche. Humidifiez-y vos mains en les plongeant dans l'eau.

◆ Lorsque les marshmallows ont fondu, versez-les en une fois dans un saladier et mélangez-les aussitôt avec le riz soufflé. Dès que la préparation colle, replongez-vos mains dans l'eau pour les nettoyer. Quand la préparation est homogène, remplissez le gant avec le mélange. Insistez bien sur les doigts et les articulations pour ne pas créer de bulles d'air qui risqueraient de briser les phalanges au démoulage. Modelez le gant pour lui donner la forme désirée puis placez-le au congélateur pour une nuit.

◆ Le lendemain, étalez finement la pâte d'amandes. Découpez le gant avec précaution. Formez des bandes pour dégager la main et les doigts petit à petit. Recouvrez de pâte d'amandes en plaçant les points de soudure sous la face inférieure pour les dissimuler, ou de manière visible pour former quelques bourrelets cicatriciels. Disposez les amandes au bout des doigts pour les ongles.

◆ Dessinez des cicatrices et points de sutures au feutre alimentaire et donnez vie à la main selon la méthode de votre choix.

** Facultatif : délayez fortement le café dans de l'eau et colorez La Chose au pinceau en insistant sur les jointures des articulations et les ongles.*

INGRÉDIENTS •
Pour 6 à 8 Addams

Matériel

1 gant en caoutchouc taille XL ou la plus grande taille que vous trouverez
1 paire de bons ciseaux pointus (type couture)
Spray de démoulage (facultatif)
Pinceau fin pour la décoration (facultatif)

100 g de de riz soufflé nature
100 g de marshmallows
1 cuil. à soupe d'huile de tournesol
200 g de pâte d'amandes blanches
Feutre alimentaire marron
Café lyophilisé (facultatif)
Amandes effilées

PIZZA SURFER BOY

Si, comme Argyle, vous êtes la personne la plus cool au monde et si votre esprit philosophique est aussi étendu que votre largesse d'esprit, alors tentez l'expérience de cette pizza « Surfer Boy » qui, comme beaucoup de choses à Hawkins, n'est pas tout à fait ce qu'elle paraît...

PRÉPARATION • 20 min ◆ CUISSON • 30 min

◆ Préchauffez le four à 240 °C (th. 8). Préparez la pâte à pizza. Si vous utilisez une préparation industrielle, suivez les recommandations indiquées sur le paquet. Pour une pâte fraîche : étalez-la sur une épaisseur de 2-3 mm avant de la placer soit dans un plat à pizza si vous en possédez un, soit sur une plaque à four recouverte de papier cuisson. Enfournez pour 15 minutes, jusqu'à ce que la pâte soit dorée et légèrement croustillante.

◆ Égouttez les tranches d'ananas, coupez-les en huit. Faites fondre le beurre dans une petite poêle, saisissez les morceaux d'ananas 5 minutes à feu vif, puis réduisez le feu, saupoudrez de vergeoise et laissez cuire 5 minutes de plus. Laissez refroidir.

◆ Dans une petite casserole posée sur feu très doux, délayez la gelée de cerises avec 1 à 2 cuillerées d'eau jusqu'à obtenir la texture d'une sauce épaisse. Sortez la pâte du four puis étalez la gelée de cerises dans le fond et disposez dessus les morceaux d'ananas caramélisés.

◆ Râpez 60 g de chocolat blanc en copeaux à l'aide d'un couteau Économe, parsemez-en la pizza et enfournez pour 5 minutes juste le temps de la réchauffer.

INGRÉDIENTS •
Pour 6-8 personnes

500 g de pâte à pizza (à demander à votre pizzaïolo favori, à votre boulanger ou, au pire, utilisez 1 paquet de préparation pour pâte à pizza)
30 g de beurre
1 boîte d'ananas (non sucré)
3 cuil. à soupe de vergeoise
100 g de gelée de cerises
60 g de chocolat blanc

I
80's

Mon petit Lester

BROWNIE DE BREE O'SHOFFOUR

Aux Délices de Livid City, meilleure table de la ville depuis 75 ans, Bree O'Shoffour est ravie de vous régaler de son célèbre brownie fondant et délicieux...

INGRÉDIENTS •
Pour 8 fantômes

200 g de chocolat noir
150 g de beurre
100 g de noix (ou de noix de pécan, selon votre goût)
3 œufs
120 g de vergeoise
50 g de farine

PRÉPARATION • **20 min** ◆ CUISSON • **25 min** ◆ REPOS • **30 min**

◆ Préchauffez le four à 180 °C (th. 6). Tapissez votre moule de papier cuisson afin que le gâteau n'adhère pas aux bords. Brisez le chocolat en gros morceaux, coupez le beurre en larges dés et faites fondre le tout dans une casserole posée sur un bain-marie (une casserole un peu plus large et remplie d'eau), à feu doux.

◆ Pendant ce temps, torréfiez les noix quelques instants sur feu très vif. Surveillez-les bien, si elles brûlent, leur goût deviendra âcre, et réservez.

◆ Dans un grand bol, fouettez les œufs et le sucre, versez le beurre chocolaté et mélangez. Ajoutez la farine en la tamisant, mélangez encore, puis incorporez les noix.

◆ Transférez la pâte dans le moule et enfournez pour 25 minutes. Laissez refroidir au moins 30 minutes à température de la pièce avant de vous servir une généreuse part.

Observation : laissé sans surveillance, ce gâteau a tendance à disparaître très rapidement et très mystérieusement. Il n'est pas du tout certain que le fantôme d'Adèle y soit pour quelque chose...

CRÉATURE DE FRANKENSTEIN AU CHOCOLAT

Libre à vous d'utiliser les ingrédients qui vous chantent pour réaliser votre créature... On vous conseille de privilégier le chocolat et d'éviter les vis, mais c'est une affaire de goût personnel.

PRÉPARATION • 20 min
CUISSON • 20 min

INGRÉDIENTS •
Pour 10/12 personnes

Pour le biscuit au chocolat
130 g de farine
30 g de cacao en poudre non sucré
100 g d'œufs entiers
160 g de sucre en poudre
160 g de crème liquide entière
6 g de levure

Pour la ganache montée au chocolat au lait
100 g de chocolat au lait
210 g de crème liquide entière

Pour la ganache de couverture
300 g de chocolat noir
300 g de crème liquide entière 30% M.G.

Pour la décoration
400 g de pâte à sucre verte
100 g de pâte à sucre noir
Un peu de pâte à sucre blanche

Pour le biscuit (à réaliser la veille) :

◆ Préchauffer le four à 150°C et chemiser un moule de 15 cm de diamètre et au moins 8 cm de haut avec du beurre et du papier cuisson. Dans un saladier, battre vivement au fouet électrique les œufs et le sucre pendant 5 bonnes minutes (jusqu'à ce que le mélange devienne mousseux et blanchisse). Ajouter les poudres tamisées (farine, cacao et levure) et mélanger délicatement à l'aide d'une spatule, sans faire retomber le mélange. Ajouter la crème liquide et mélanger doucement jusqu'à ce que la préparation soit bien lisse.

◆ Verser la pâte dans le moule et enfourner pour 50 minutes à 1 heure. Vérifier la cuisson du gâteau avec la pointe d'un couteau. Attendre 10 minutes avant de démouler et de retirer le papier cuisson. Laisser totalement refroidir le biscuit tête en bas afin de l'aplatir puis l'emballer avec du film alimentaire et placer au réfrigérateur pour toute la nuit (toujours la tête en bas !).

Pour la ganache au chocolat au lait :

Faire fondre le chocolat au bain-marie. Chauffer 100 g de crème et l'ajouter en 2 fois sur le chocolat en fouettant bien entre chaque ajout. Finir en ajoutant directement le restant de crème froide dans le mélange. Recouvrir la ganache de film alimentaire et réserver au réfrigérateur jusqu'au lendemain.

Pour la ganache de couverture :

Faire fondre le chocolat au bain-marie et réserver. Chauffer la crème liquide et l'ajouter au moins en 4 fois sur le chocolat en mélangeant la ganache avec un fouet. Mixer si nécessaire pendant quelques secondes à l'aide d'un mixeur plongeant. Recouvrir de film alimentaire et conserver à température ambiante jusqu'au lendemain.

Montage :

◆ Fouetter la ganache montée au chocolat au lait en augmentant progressivement la vitesse jusqu'à ce qu'elle se tienne. Mettre dans une poche à douille et réserver au frais. Dans une seconde poche à douille, mettre 1/3 de la ganache de couverture au chocolat noir et réserver.

◆ Couper le biscuit en 3 parties égales dans l'épaisseur : vous devez obtenir des biscuits d'environ 2 cm de hauteur chacun. Fixer le biscuit le moins plat sur un plat ou un support à gâteau à l'aide d'une pointe de ganache de couverture. Pocher sur les bords du gâteau un boudin de ganache de couverture à hauteur de la garniture qui d'empêchera celle-ci de s'échapper. Pocher au centre la moitié de la ganache montée au chocolat au lait. Renouveler l'opération avec le second biscuit et le restant de ganache montée. Terminer le montage avec le biscuit le plus plat.

◆ Lisser la ganache de couverture sur le dessus à l'aide d'une petite spatule. Lisser ensuite, les contours du gâteau à l'aide d'un lisseur à gâteau et d'un plateau tournant. Réserver le gâteau au réfrigérateur pendant minimum 1 heure.

Décor :

◆ Étaler la pâte à sucre verte (avec un peu de maïzena si nécessaire) pour obtenir une bande d'environ 50 cm de long sur 10 cm de large et 3 d'épaisseur (à ajuster en fonction de la taille du gâteau). Placer le gâteau sur un plateau tournant. Étaler une fine couche de beurre ou de margarine sur toute la surface du gâteau (qui va permettre à la pâte à sucre d'adhérer). Enrouler la bande de verte autour d'un rouleau à pâtisserie et la dérouler doucement autour du gâteau en exerçant une légère pression de la main pour la faire adhérer. Découper l'excédent si nécessaire.

◆ Étaler la pâte à sucre noire sur 3cm d'épaisseur et découper un cercle de 22cm de diamètre. Avec un petit couteau d'office découper les bords pour donner l'illusion des cheveux, puis poser sur le dessus du gâteau et appuyer légèrement pour faire adhérer. Avec un petit pinceau et une pointe d'eau, coller les « cheveux » qui dépassent sur la pâte à sucre verte.

◆ Remettre le gâteau au frais pendant la préparation des autres éléments de décoration. Avec des emporte-pièces de différentes tailles, préparer les yeux en utilisant un pinceau et une pointe d'eau pour coller les différents morceaux de pâte à sucre. Coller les yeux sur le gâteau.

Pendant la décoration du gâteau pensez à le remettre au frais toutes les 45 minutes. Le gâteau se conserve au frais pendant 48h, dans une boite de préférence, afin d'éviter que la pâte à sucre ne prenne l'humidité du réfrigérateur. Sortez le gâteau à température ambiante, minimum 30 minutes avant de le déguster.

TARTE DES PREMIERS-NÉS

Ayant fait la connaissance de John Smith, Pocahontas n'a eu de cesse de lui faire découvrir les richesses et les beautés prodiguées par la nature. Au cours des repas offerts par son peuple, gageons que cette recette des Premières Nations aura pu le convaincre mieux que beaucoup d'arguments.

PRÉPARATION • 20 min ◆ CUISSON • 45 min

◆ Disposez la première pâte au fond d'un plat creux. À l'aide d'une fourchette, piquez le fond de la pâte afin d'éviter la formation de bulles d'air.

◆ Rincez les fruits à l'eau claire puis répartissez-les à l'intérieur du moule, sur la pâte. Versez le sucre, l'eau et le sirop de sureau dans une petite casserole. Mélangez à feu doux jusqu'à ce que le sucre soit dissous puis versez sur les fruits.

◆ Préchauffez le four à 180 °C (th. 6). Recouvrez la tarte avec la deuxième pâte. Pressez doucement les bords pour bien faire adhérer les deux épaisseurs entre elles. Ôtez le surplus dépassant des bords, utilisez-le pour réaliser de jolies décorations à l'aide d'emporte-pièces. Faites quelques incisions au centre de la tarte afin de laisser s'échapper la vapeur durant la cuisson. Disposez les décorations faites avec les chutes de pâtes. Badigeonnez d'œuf battu puis enfournez pour 45 minutes.

◆ Laissez refroidir et dégustez en écoutant l'air du vent.

INGRÉDIENTS •
Pour 8 aventurier•ère•s

2 pâtes brisées du commerce
1 kg de myrtilles (fraîches ou surgelées)
200 g de sucre
250 ml d'eau
2 cuil. à soupe de sirop de sureau (ou de gelée de sureau)
1 œuf

CAKE À LA BANANE PARADISIAQUE

Lorsque Rose affronte la machiavélique tante Lily lors du concours de pâtisserie du célèbre Jean-Pierre Jeanpierre, elle choisit de réaliser ce simple cake. Simple ? En apparence peut-être mais, réalisé avec amour et honnêteté, une modeste tranche suffit à l'envoyer en finale.

INGRÉDIENTS •
Pour 6 à 8 pâtissiers·ères magicien•ne•s

2 œufs
1 pincée de sel
2 bananes
120 g de cassonade (ou de vergeoise blonde)
100 g de beurre ramolli
50 ml de crème liquide
1 gousse de vanille
120 g de farine
110 g de fécule de maïs
½ sachet de levure
8 caramel durs type Werther's® Original

PRÉPARATION • 20 min ◆ CUISSON • 50 min

◆ Préchauffez le four à 180 °C (th. 6). Cassez les œufs, séparez les jaunes des blancs et réservez les jaunes. Saupoudrez les blancs d'une pincée de sel et battez-les d'abord doucement, puis de plus en plus vite afin de les monter en neige ferme.

◆ Épluchez les bananes et écrasez-les pour les réduire en purée. Dans un grand bol, mélangez la cassonade avec le beurre jusqu'à obtenir un mélange crémeux. Ajoutez alors les jaunes d'œufs un par un, la purée de bananes, la crème et mélangez. Coupez la gousse de vanille en deux dans le sens de la longueur. À l'aide du dos de la lame d'un couteau, grattez pour recueillir les grains. Tamisez la farine, la fécule et la levure sur la préparation, puis incorporez les grains de vanille et mélangez bien jusqu'à ce que l'ensemble soit homogène.

◆ Mixez les caramels et ajoutez-les à la pâte. Versez dans un moule à cake antiadhésif, lissez et enfournez pour 50 minutes. Au bout de 35 minutes, vérifiez la cuisson. Si le cake a commencé à brunir, couvrez-le de papier d'aluminium et baissez la température du four. Vérifiez la cuisson : lorsque vous plongez une lame de couteau au centre du gâteau, elle doit ressortir sèche. Laissez refroidir et démoulez.

HANSEL & GRETEL

MAISON DE LA SORCIÈRE

Perdus dans la forêt, Hansel et Gretel découvrent la plus attirante des maisons. Les murs en pain d'épice, les fenêtres en sucre et la vieille dame qui y demeure paraissent si accueillants et inoffensifs qu'ils ne se méfient pas. Pour leur plus grand malheur car ils se retrouvent bientôt prisonniers…

INGRÉDIENTS •
Pour 8 gourmand·e·s

Matériel
Poche à douille + 1 douille moyenne

Pour le biscuit
100 g de vergeoise
150 g de beurre mou
1 œuf
250 g de farine
1 pincée de sel
1 cuil. à café de cannelle en poudre
½ cuil. à café de gingembre moulu

Pour le glaçage
100 g de meringue réduite en poudre
500 g de sucre glace
20 cuil. à soupe de jus de citron (env. 250 ml)

Pour la décoration
Pastilles chocolatées (Smarties®)
Sucres d'orge
Gaufrettes
Confiseries selon votre goût

PRÉPARATION • 40 min ◆ CUISSON • 10 min ◆ RÉFRIGÉRATION • 1 h
REPOS • 6 h

◆ Dans un large bol, battez le sucre et le beurre ramolli jusqu'à ce que le mélange soit crémeux. Ajoutez l'œuf puis la farine, le sel et les épices et mélangez jusqu'à ce que la pâte soit homogène. Roulez en boule, filmez et laissez reposer au frais 1 heure.

◆ Préchauffez le four à 190 °C (th. 6/7). Étalez la pâte sur 2-3 mm d'épaisseur et découpez les pièces des murs et du toit selon le patron de votre choix. Enfournez pour 10 minutes et laissez refroidir. Réalisez le glaçage en mélangeant tous les éléments secs et les deux tiers du jus de citron. Ajoutez la fin du jus petit à petit pour obtenir une préparation épaisse, ferme et collante. Placez en poche à douille.

◆ Tracez les fondations de glaçage directement sur le plat, puis assemblez les murs en les collant avec du glaçage sur les angles (comptez jusqu'à 20 avant de lâcher). Lorsque les murs sont montés, laissez sécher 3 heures.

◆ Étalez le glaçage sur le dessus des murs et posez les éléments du toit, sans oublier de coller le faîtage. N'hésitez pas à soutenir le dessous du toit avec des paquets de biscuits durant le séchage. Laissez reposer 3 heures.

◆ Recouvrez le toit de glaçage et disposez les pastilles colorées jusqu'à le recouvrir. Collez les sucres d'orge de chaque côté de la porte. Coupez les gaufrettes en deux pour les marches de l'entrée ; coupez les bonbons acidulés en deux pour former les volets et collez-les autour des fenêtres. Procédez de la même manière pour toutes les décorations que vous aurez choisies.

GÂTEAU D'AMOUR

Alors qu'elle a fui son père, la princesse Peau d'Âne vit dans une chaumière, dissimulée sous les traits d'une humble paysanne. Elle y réalise le célèbre gâteau d'amour pour le prince, qui dépérit de ne point trouver son âme sœur.

PRÉPARATION • 20 min ◆ REPOS • 2 h 45 ◆ CUISSON • 1 h

◆ Émiettez la levure dans le lait tiède et laissez reposer 15 minutes près d'une source de chaleur.

◆ Dans une jatte plate, battez le beurre avec le sucre. Tamisez alors la farine. Brisez les amandes et les noix en morceaux grossiers. Coupez les zestes de citron en fines lanières.

◆ Choisissez 3 œufs frais du matin. Brisez-les puis incorporez-les à la préparation (sans les coquilles). Mélangez et incorporez les fruits à coque, les raisins, le zeste de citron, la levure, le rhum et travaillez durant 5 minutes. Couvrez le saladier d'un torchon humide couleur de pluie printanière et laissez reposer la pâte à température ambiante jusqu'à ce qu'elle ait doublé de volume (environ 1 h 30).

◆ Pétrissez la pâte sur un plan de travail fariné jusqu'à ce qu'elle soit bien élastique. Placez-la ensuite dans votre moule et laissez-la reposer 1 heure de plus, cette fois-ci recouverte d'un torchon humide couleur brume du matin.

◆ Sans plus de discours, allumez le four à 200 °C (th. 6/7). Enfournez pour 1 heure. Laissez refroidir avant de démouler. À l'aide d'un couteau pointu, pratiquez une incision discrète sur l'un des côtés ou un des plis du gâteau. Glissez la bague d'amour véritable à l'intérieur, en présent pour votre fiancé·e. Saupoudrez de sucre glace juste avant de servir.

INGRÉDIENTS •
Pour 8-10 fées, rois, princes, princesses…

Matériel

1 moule à kugelhof antiadhésif
1 bague d'amour véritable

15 g de levure fraîche
200 ml de lait tiède
100 g de beurre mou
100 g de sucre
250 g de farine + pour le plan de travail
60 g d'amandes (sans les coquilles)
60 g de noix (sans les coquilles)
Le zeste d'1 citron bio
3 œufs
60 g de raisins secs
60 ml de rhum (facultatif mais tellement bon)
6 cuil. à soupe de sucre glace

VATROUCHKA DES CE2

Durant les mois qui suivirent la pandémie de Covid-19, une formidable enseignante, Mme Alexandra L., voyant ses élèves ô combien déprimé·e·s, décida de les dérider en adaptant le thème de l'année : la magie. En voici le résultat : une recette rédigée par les enfants eux-mêmes et une classe à la joie retrouvée. Magique !

PRÉPARATION • **5 min** ◆ **CUISSON** • **5 min** ◆ **REPOS** • **1 h**
RÉFRIGÉRATION • **2 à 12 h**

◆ Préchauffe le four à 180 °C (th. 6). Dans un saladier, mets la farine, le sachet de sucre vanillé, ajoute le beurre et l'œuf. Malaxe bien pour obtenir une belle boule de pâte. Laisse-la ensuite « rêver » quelques minutes au réfrigérateur.

◆ Dans un grand récipient, mets le fromage blanc, la crème fraîche, les œufs et ajoute le sucre. Prends ta baguette magique et mélange bien pour obtenir une préparation homogène.

◆ Sors la boule de pâte et étale-la bien avec ton rouleau à pâtisserie. Dépose-la avec tes petits doigts délicats dans ton moule beurré et fariné. Précuis la pâte, recouverte de papier sulfurisé et de légumes secs, pendant 10 minutes dans le four. Sors le gâteau et verse le contenu du saladier dans le moule. Râpe les zestes de citron au-dessus de la préparation et parsème de raisins secs.

◆ Enfourne le gâteau pour 40 minutes à 180 °C (th. 6). Sors le gâteau du four et laisse-le refroidir pendant au moins 1 heure. Mets ensuite le gâteau à reposer pendant quelques heures au réfrigérateur. Si tu es patient·e, laisse-le toute la nuit, c'est meilleur !

◆ Avant de servir, ajoute quelques framboises ou fruits rouges selon tes goûts et la saison. Abracadabra, tu as réussi la vatrouchka ! Bravo et bonne dégustation !

INGRÉDIENTS •
Pour 6-8 personnes

Matériel
1 moule à tarte de 22-24 cm de diamètre

Pour la pâte
250 g de farine
100 g de sucre vanillé
100 g de beurre mou
1 œuf
Beurre et farine pour le moule

Pour la garniture
500 g de fromage blanc
4 cuil. à soupe de crème fraîche
3 œufs
100 g de sucre en poudre
1 citron bio
60 g de raisins secs
60 g de fruits rouges de saison

CHAPITRE V

BOISSONS MAGIQUES & POTIONS

ORBES D'ARRÊT DU TEMPS

Au cas où vous devriez affronter une magicienne pourpre pour tirer votre fille des griffes d'un ravisseur, n'hésitez pas à utiliser ces orbes : ils sont parfaits pour faire diversion.

INGRÉDIENTS • Pour 6 orbes environ

Matériel
1 moule à demi-sphères de 5 cm
1 pinceau

150 g de chocolat noir
2 ou 3 bâtonnets d'orange confite
Paillettes comestibles
3 cuil. à soupe de café lyophilisé
30 g de mini-guimauves
6 pincées de cannelle

PRÉPARATION • 20 min

◆ Faites fondre le chocolat de la manière qu'il vous plaira. *Niveau 1* : au micro-ondes, *niveau 2* : en lançant un sort, *niveau 3* : au souffle d'un dragon (dans ce cas, lancez les dés pour savoir quel sera ensuite votre état).

◆ À l'aide d'un pinceau exclusivement à usage alimentaire (ni pour le maquillage ni pour la peinture), tapissez-en 12 cavités du moule demi-sphériques. Laissez figer et recommencez de manière à obtenir très précisément une paroi fine mais pas trop, tout en étant délicate mais solide quand même.

◆ Pendant que les demi-sphères figent, détaillez les zestes d'orange en petits dés. Démoulez les moitiés de sphères avec dé-li-ca-tesse. Emplissez 6 d'entre elles d'un mélange plus ou moins équitablement réparti de café, guimauves, cannelle et zestes.

◆ Faites chauffer une poêle ou une casserole. Posez une demi-sphère vide quelques instants contre le fond du récipient, juste le temps de faire légèrement fondre la bordure. Refermez ensuite les sphères en collant les deux moitiés l'une contre l'autre. Lissez pour bien souder les bords et laissez sécher. Saupoudrez les orbes de paillettes assorties aux couleurs de votre équipement.

Pour déguster : faites chauffer une tasse de lait, plongez les orbes dedans et arrêtez le temps.

SMOOTHIE FAÇON MAUI

Comment croyez-vous que la vaillante Vaiana trouve-t-elle l'énergie de repousser les frontières de son monde ? Et Maui de soulever les cieux ? La force magique contenue dans cette boisson n'y est pas étrangère…

PRÉPARATION • 5 min

◆ Faites rouler le citron vert sous votre paume en le pressant légèrement, puis coupez-le en deux et récupérez le jus en le filtrant au travers d'une passette.

◆ Égouttez l'ananas, conservez le jus et coupez les tranches en gros morceaux. Épluchez la mangue et la banane, ôtez peau et noyau, coupez la chair en morceaux.

◆ Versez les morceaux de fruits dans le blender, ajoutez le jus de citron et le lait de coco. Mixez durant 1 minute. Si le mélange vous semble trop épais, ajoutez un peu de jus d'ananas selon votre goût.

◆ Versez le smoothie dans une noix de coco, ajoutez quelques glaçons, une paille et dégustez les yeux perdus dans le bleu de l'océan.

INGRÉDIENTS •
Pour 4 explorateurs·trices

Matériel
1 blender ou 1 mixeur

1 citron vert
1 mangue
1 banane
200 g d'ananas en conserve
200 ml de lait de coco
Quelques glaçons

BUBBLE DU FONDS DES OCÉANS

Si la redoutable Ursula est bien connue pour faire frire sans scrupules ses victimes imprudentes dans son chaudron, on ignore souvent qu'elle s'en sert aussi à des fins plus gourmandes.

INGRÉDIENTS • Pour 4 verres

½ litre de jus de myrtille
60 g de billes de tapioca
½ litre de jus de banane
1 cuil. à café de spiruline

PRÉPARATION • 10 min ◆ CUISSON • 15 min

◆ Portez le jus de myrtilles à ébullition dans un petit chaudron. Lorsque le liquide bouillonne, faites cuire les billes de tapioca durant 15 minutes. Égouttez soigneusement les billes et laissez-les refroidir.

◆ Versez le jus de banane dans une jatte, ajoutez la spiruline et mélangez. Ajustez la consistance avec un peu d'eau : bien qu'épaisse, la préparation doit rester fluide.

◆ Répartissez les billes de tapioca dans des coupes, ajoutez le mélange banane-spiruline et buvez à vos succès.

POTION MAGIQUE

LA potion légendaire que le monde romain nous envie ! Ses effets sont multiples, et bien que la plupart restent encore à découvrir, elle procure entre autres une force surhumaine, permet aux aphones de recouvrer la voix et accélère même la floraison des pâquerettes !

PRÉPARATION • 5 min ◆ **CUISSON** • 5 min

◆ Lorsque la lune se lève sur la forêt, faites tiédir le jus de cassis et l'eau claire dans votre chaudron favori. Attention ! L'étape suivant est cruciale ! Ajoutez autant de miel que vous l'aimez, touillez trois fois dans un sens, deux dans l'autre, puis cinq dans l'inverse de l'opposé du sens contraire de la course de la lune au solstice d'été. Laissez chauffer 5 minutes. Demandez alors au guerrier le plus costaud d'extraire le jus des citrons et réservez.

◆ Répartissez dans des chopes de cristal limpides comme un ciel d'hiver. Ajoutez le jus de citron : votre potion devrait alors changer de couleur, de bleu nuit à rouge rubis (si elle explose, recommencez). Versez le jus de fraises, goûtez et rajoutez du miel si nécessaire. C'est prêt !

INGRÉDIENTS •
Pour 1 chaudron

1 litre de jus de cassis
100 ml d'eau de sucre sacrée
Miel à volonté
4 citrons
½ litre de jus de fraises

Note : la marmite de potion magique ne doit jamais rester sans surveillance. On ne sait jamais, quelqu'un pourrait tomber dedans...

ÉLIXIR DU BARDE

Lorsque l'on est barde, qui plus est « le » barde, il faut savoir prendre soin de sa voix. Voici le secret de l'élixir permettant à Assurancetourix, au début des banquets, de régaler les villageois, et à l'occasion les Romains de ses chansons sans pareilles !

PRÉPARATION • 5 min ◆ **CUISSON** • 15 min

◆ Prenez votre souffle et... rien... Comment ça, « rien » ? Plus de voix ? Auriez-vous pris froid au dernier banquet ? Voici un remède d'urgence ! Épluchez une racine de gingembre avant de la couper en lamelles. Faites tiédir l'eau la plus pure dans un petit chaudron juste le temps de presser un citron. Mélangez gingembre, citron, cannelle, miel et eau. Laissez infuser 15 minutes bien au chaud mais sans laisser bouillir.

◆ Passez au tamis, mettez en amphore ou en gourde et buvez tiède durant toute une journée. À la tombée du soir, inspirez à fond et chantez ! (Attention toutefois aux lancers de poisson d'Ordralfabetix, qui s'améliorent !)

INGRÉDIENTS •
Pour 1 amphore

1 cm de racine de gingembre
½ litre d'eau
Le jus d'1 citron
1 bâton de cannelle
1 cuil. à soupe de votre miel favori

POTION D'EXPULSION

Lorsque le prince Graydon est infecté au cours d'une escarmouche, Willow, Kit et Elora l'emmènent à Nockmaar, dans la haute tour de l'ancienne forteresse de Bavmorda, afin de le purger de l'influence démoniaque du Lich.

INGRÉDIENTS •
Pour 4 personnes

1 citron jaune
2 feuilles de menthe
2 avocats
4 kiwis
4 cuil. à café de miel liquide
400 ml d'eau

PRÉPARATION • 5 min

◆ Faites rouler le citron en le pressant sous votre paume, puis coupez-le en deux et récupérez le jus. Rincez la menthe, épluchez les avocats à l'épée (ou au sabre) et les kiwis à l'aide du sort de votre choix (ou même, avec un couteau).

◆ Placez les fruits, les feuilles, le jus de citron, le miel et l'eau de source la plus claire au centre d'un tourbillon-destructeur (aussi appelé « mixeur » ou « blender » chez les humains du XXIe siècle).

◆ Mixez le tout, mais pas trop. Pour être efficace, votre potion d'expulsion doit contenir des morceaux plus petits mais pas trop grands.

◆ Dégustez sur l'instant avant que le mélange ne brun-verdisse et ne risque de vous transformer en... Non, vous ne préférez pas savoir en quoi...

MILK-SHAKE DU DR CERBERUS

Les milk-shakes du célèbre café où se retrouvent les habitants de Riverdale sont tellement délicieux, envoûtants, ensorcelants que même lorsque Sabrina et ses amis se retrouvent plongés dans un univers parallèle, les milk-shakes, eux, restent immuables...

PRÉPARATION • 5 min

◆ Sortez la glace du congélateur 15 minutes à l'avance afin de lui laisser le temps de bien ramollir.

◆ Déposez la crème glacée dans le bol de votre blender (ou celui que vous aimez utiliser avec le batteur/mixeur/pied...). Versez le lait dans le blender puis mixez par séquences d'1 minute en alternant avec un touillage à la cuillère. Si le mélange vous paraît trop épais, ajoutez 1 cuillerée à soupe de lait ; si au contraire il vous paraît trop fluide, ajoutez 1 cuillerée de glace vanille.

◆ Transvasez le milk-shake dans un verre en le remplissant aux deux tiers.

◆ Épluchez les bananes, coupez-les en morceaux et répartissez-les dans les verres. Ajoutez la crème fouettée selon votre goût, saupoudrez de cacao et parsemez de vermicelles colorés. Enfin, et surtout le meilleur, posez fièrement une cerise au sommet ! Servez avec une cuillère et une paille (recyclable, on est des sorciers modernes !).

INGRÉDIENTS • Pour 4 ami·e·s

4 boules de glace à la vanille
¼ litre de lait
2 bananes
Crème fouettée à volonté
4 cuil. à café de cacao en poudre
4 pincées de vermicelles colorés
4 cerises confites

COCKTAIL POUR CORBAL

Un bal du lycée serait-il vraiment un bal sans un cocktail bien corsé ? En apparence insignifiant, servi avec naïveté par les chaperons de la soirée, comme tout bon cocktail, il cache bien son jeu… À déguster sans attendre, avant qu'une pluie de vrai-faux sang ne s'abatte sur vous !

INGRÉDIENTS •
Pour 8 élèves de Nevermore

Le jus d'1 citron
100 g de noix de coco râpée
1 bouteille de boisson bleue de récupération sportive à la framboise (type Gatorade® – rayon eau)
½ litre de limonade à l'ancienne

PRÉPARATION • 10 min

◆ Versez le jus de citron dans une assiette creuse et la noix de coco râpée dans une seconde. Plongez le bord des verres dans le jus de citron, puis roulez-le ensuite délicatement dans la coco râpée (demandez à La Chose de presser délicatement la coco sur le rebord pour bien la faire adhérer).

◆ Répartissez la boisson bleue dans les verres, complétez à volonté avec de la limonade en vous arrêtant à une griffe de loup-garou avant la ligne de noix de coco (environ 1,5 cm). Si votre boisson pétille tel un essaim accueillant un Bourdonneur, vous pourrez intégrer le très sélect Club des élèves de Nevermore…

POTION D'ARDEUR AU COMBAT (THE WITCHER)

Alors qu'il était parti affronter un loup-garou, Geralt s'aperçoit que la situation est plus compliquée qu'il n'y paraît. C'est pourquoi, avant d'affronter la strige de Téméria, Geralt boit cette potion. Combattre la fille-nièce du roi Foltest n'est pas chose aisée, même pour lui.

PRÉPARATION • 10 min

◆ Pilez la glace en plus ou moins gros morceaux suivant votre classe de sortilèges. Coupez le premier citron en tranches, incisez les plus larges d'entre elles jusqu'au cœur puis disposez-les à cheval sur les rebords de vos chopes. Placez le reste des tranches au fond des récipients.

◆ Pressez le second citron sous la paume de votre main en ayant au préalable ôté votre gantelet, puis prélevez le jus en le filtrant au travers d'une toile d'araignée propre ou d'une passette. Mélangez les jus dans un cruchon. Emplissez les chopes de glace jusqu'au tiers, versez les jus de fruits et dégustez avant de repartir à l'attaque (n'oubliez pas de remettre votre gantelet).

INGRÉDIENTS • Pour 6-8 guerrier•ère•s, mages de toutes classes

Glace
2 citrons bio
½ litre de jus de canneberges (cranberries)
½ litre de jus de raisin rouge
250 ml litre de jus de pêche

YAKNOG D'ASTRID (DRAGONS)

La fête de Snoggletog est le moment où les Nordiens de Berk se réunissent pour fêter la fin de l'année et honorer Krokmou et ses semblables. Parmi les nombreuses traditions, il y a le yaknog. Préparé par Astrid, ceux qui l'ont goûté ne sont pas près de l'oublier...

PRÉPARATION • 5 min ◆ CUISSON • 5 min

◆ Faites chauffer le lait dans une marmite posée sur feu doux et délayez-y le miel. À l'aide de votre hache favorite, coupez la gousse de vanille dans la longueur, puis utilisez le dos de la lame d'un couteau pour récupérer les grains (Placez les gousses dans un pot avec du sucre, vous obtiendrez du sucre vanillé maison). Ajoutez la vanille et la crème fouettée au mélange lait-miel et touillez de votre mieux, même si Bouledogre demande son câlin, vous connaissez Chouchoute !

◆ Saupoudrez d'épices, et comme le dit l'incomparable Astrid : « Mélangez et prenez votre chope ! »

INGRÉDIENTS • Pour 6 Nordien•ne•s intrépides

½ litre de lait
3 cuil. à soupe de votre miel favori
1 gousse de vanille
125 g de crème fouettée
1 cui. à café de quatre-épices

BAISER DES DÉTRAQUEURS

À l'approche des Détraqueurs, un froid intense et glacial envahit le monde, se répand dans tout votre corps et pétrifié votre esprit...

INGRÉDIENTS •
Pour 6 sorcier·ère·s

1 litre de jus de citron
OU 1 litre d'eau plate + le jus et le zeste de 3 citrons bio
300 ml de menthe glaciale

PRÉPARATION • 5 min

◆ Kreattur appuie sur les citrons pour les écraser, et il coupe les citrons, il les presse pour en recueillir tout le bon jus bien acide, qu'il filtre avec sa taie d'oreiller, réservée exprès pour ça depuis 703 ans, puis il mélange le jus de citron avec de l'eau du puits.

◆ Ensuite, Kreattur prend un couteau bien tranchant et il pèle les citrons pour en enlever le zeste. Alors il mélange le jus de citron avec les zestes et l'eau et il continue la recette que sa Maîtresse aime tant.

◆ Le bon Kreattur verse le sirop de menthe dans les beaux verres de ses nobles maîtres, puis il le dilue très doucement en faisant couler le jus de citron le long de la paroi des verres pour conserver la si belle couleur trouble et verdâtre. La très honorable Maîtresse aime que Kreattur serve sa boisson favorite aussi glacée que son regard lorsqu'elle observe les Sang-de-Bourbe.

VIN DE SERMENT INVIOLABLE (sans alcool)

Indéfectible, le Serment inviolable ne s'éteint qu'avec celui qui l'a prêté. C'est autour de cette coupe que Narcissa Malefoy, la mère de Drago, demandera au professeur Severus Rogue de veiller sur son fils.

INGRÉDIENTS •
Pour environ 1 litre de philtre

Le zeste de 3 oranges bio
½ litre de jus de raisin
250 ml de jus de canneberges (cranberries)
1,25 litre de jus de pommes
6 clous de girofle
6 graines de cardamome
3 bâtons de cannelle
3 étoiles d'anis
1 poignée de raisins secs
3 cuil. à soupe de sucre de canne

PRÉPARATION • 15 min ◆ CUISSON • 30 min

◆ Rincez les oranges à l'eau d'une fontaine non souillée avant de prélever leurs zestes à l'aide d'un sort de Sectumsempra particulièrement bien maîtrisé. Dans un chaudron placé au coin du feu à la pleine lune d'un lundi brumeux de novembre, faites chauffer les trois jus de fruits, les épices et les raisins.

◆ Portez à ébullition jusqu'à ce que les bulles atteignent la taille d'un orteil de gobelin puis réduisez le feu, ajoutez le sucre et laissez infuser à feu doux durant 30 minutes. Filtrez et buvez chaud ou froid selon votre volonté... mais n'oubliez pas, la mort seule peut rompre un Serment inviolable...

CHOCOLAT CHAUD MCBUDGE

Si vos idées sont aussi sombres que le Seigneur des Ténèbres ou que le Puits sans-fond de l'Obscurité à minuit lumières éteintes, faites comme Archie, Billy et Fliss et allez vous réfugier chez Charlotte Chocolat, le salon de thé de la Confiserie McBudge.

PRÉPARATION • 10 min ◆ CUISSON • 10 min

◆ Détournez l'attention des cousins Tarte-du-Gâteau et versez le lait dans une chopinette à feu. Faites ensuite chauffer à température très douce pour éviter que le lait ne s'échappe. Demandez à M. Mouchcroute, le directeur de la confiserie, de vous aider à couper la gousse de vanille en deux dans le sens de la longueur. Grattez les brins à l'aide du dos de la lame d'un couteau pour en recueillir tous les grains, puis ajoutez-les à votre casserole de lait.

◆ Brisez les pierres de miel dans un mortier avec un pilon en draconium (ou mixez rapidement les caramels). Versez les deux tiers du caramel et le cacao dans la casserole et laissez infuser à feu tout doux durant 10 minutes environ.

◆ Coupez les guimauves en petits dés et râpez le chocolat en copeaux. Répartissez le mélange lait-cacao dans des tasses, parsemez de guimauves puis saupoudrez de chocolat blanc et d'éclats de caramels.

Un des meilleurs remèdes connus pour se remonter le moral après une journée déprimante, froide et pluvieuse !

INGRÉDIENTS •
Pour 4 personnes

½ litre de lait
1 gousse de vanille
4 pierres de miel (ou caramels type Werther's® Original)
4 cuil. à café de cacao en poudre
1 poignée de guimauves (4 ou 8 selon leur taille et votre gourmandise)
40 g de chocolat blanc

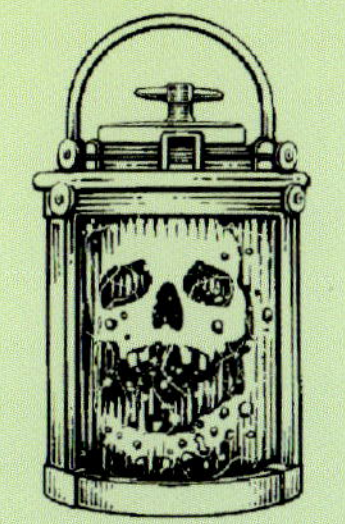

SMOOTHIE DE LUCY

Depuis que Holly, la nouvelle assistante si parfaite est arrivée, Lucy essaye de faire un peu plus attention à elle. Jalouse ? Absolument pas. Et ce n'est pas Crâne qui dira le contraire… Enfin, peut-être, mais comme son bocal est fermé et que de toute manière seule Lucy peut l'entendre…

INGRÉDIENTS • Pour 1 bol

Matériel
1 blender

1 kiwi (Crâne aime bien la couleur)
1 banane
1 orange
100 ml de votre lait végétal favori (Crâne soutient que Marissa Fittes aimait 50 % de lait de noisette + 50 % de lait d'avoine)
2 cuil. à soupe de votre miel favori
1 poignée de fruits secs de votre choix (abricots, raisins, pommes…)
+ 1 poignée de vos fruits à coque favoris (noisettes, amandes…)

PRÉPARATION • 10 min

◆ Épluchez le kiwi et la banane, coupez les fruits en morceaux et versez-les dans le blender. Pressez l'orange, filtrez le jus pour recueillir d'éventuels pépins, ajoutez le jus (et la pulpe si vous l'aimez) ainsi que les laits végétaux dans le blender. Mixez jusqu'à ce que le mélange soit homogène.

◆ Versez dans un bol, ajoutez le miel et une poignée du mélange fruits secs et fruits à coque. Dégustez dans la sérénité du crépuscule, menacez Crâne d'enfermer son bocal dans un placard s'il continue ses commentaires sarcastiques – il n'est pas tous les jours facile de posséder un Talent de niveau III. Vérifiez votre équipement et partez à la chasse aux entités.

BIBLIO DES SORCIERS

SORCIERS DE PAPIER :

• ANDERSEN, Hans Christian, La Petite Sirène et autres contes, Hachette, collection Grandes Oeuvres, 1992
• ADAMS, Richard, *Watership Down*, Monsieur Toussaint Louverture, 2016
• BARRIE, James Matthew, *Peter Pan*, trad. Stéphane Labbe, École des Loisirs, 2013
• COHEN, C., HADDAD, Y., SOLDI, D., *50 contes et histoires enchantées*, Compagnie Internationale du Livre, 1980
• COLLECTIF, *Contes et Légendes de Brocéliande*, Terre de Brume, 2000
• LEWIS, C.S., *Le Monde de Narnia*, tomes 1 à 7, Flammarion, coll. Bibliothèque du Chat Perché, 1980
• DAHL, Roald, *Charlie et la chocolaterie*, Ill. Quentin Blake, trad. Elisabeth Gaspar, Gallimard, coll. « Folio Junior », 20
• DAHL, Roald, *Sacrées Sorcières*, Ill. Quentin Blake, trad. Marie Farré, Gallimard, coll. « Folio Junior », 2016
• GOSCINNY, René, UDERZO, Albert, FERRI, Jean-Yves, Série « Astérix »,
Dargaud, Albert & René, Hachette, 1959 à 2016
• GRIMM, Jacob, GRIMM, Wilhelm, *Les Contes de Grimm*, Auzou, 2011
• JOB, CHAMBLAIN Joris, GIACOMETTI Xavier, *Yakari*, Dargaud,
puis André Jobin puis Casterman, puis Le Lombard, depuis 1969
• KLISE Kate, *43, rue du vieux cimetière*, tomes 1 à 7, Albin Michel, depuis 2012
• LACOURBE Roland, *Houdini et sa légende*, Editions techniques du spectacle, 1982
• LITTLEWOOD Kathryn, *La Pâtisserie Bliss* Tomes 1 à 5, Pocket Jeunesse, depuis 2012
• MERCHANT Tamzin, *La Maison Chapelier*, tomes 1 et 2, Gallimard Jeunesse, 2021
• MURPHY Jill, *Amandine Malabul*, tomes I à VIII, Gallimard Jeunesse, 1990
• NOSTRADAMUS, *Des confitures*, adaptation Fabrice Guérin, Olivier Orban, 1981
• O'CONNELL David, *Le Fantôme de la chocolaterie*, tome 1 et suivants, Pocket Jeunesse, depuis 2022
• ROWLING, J.K., *Harry Potter*, tomes 1 à 7, trad. Jean-François Ménard, Gallimard, depuis 1999
• SHELLEY Mary, *Frankenstein ou le Prométhée moderne*, traduction de Joe Ceurvorst, Le livre de Poche, 2009
• STROUD Jonathan, *Lockwood & Co.*,
• TRAVERS, P.L., *Mary Poppins*, Hachette, collection jeunesse, 1980

LA TERRE DU MILIEU :

• TOLKIEN, J.R.R., *Bilbo le Hobbit*, Le Livre de Poche, 1980
• TOLKIEN, J.R.R., *Le Seigneur des Anneaux, tome 1 La Communauté de l'Anneau*, Presse Pocket, 1986
• TOLKIEN, J.R.R., *Le Seigneur des Anneaux, tome 2 : Les Deux Tours*, Presse Pocket, 1991
• TOLKIEN, J.R.R., *Le Seigneur des Anneaux, tome 3 : Le Retour du Roi*, Presse Pocket, 1991

SORCIERS SUR ÉCRANS PETITS ET GRANDS :

• AGUIRRE-SACASA Roberto, Série *Les Nouvelles Aventures de Sabrina*, depuis 2018
• BURGE, Constance M., (scénariste), Série *Charmed*, Aaron Spelling, 1998 à 2006, 2018
• BURTON Tim, MARSHALL James, MONTEIRO Gandja, Série *Mercredi*, Netflix, 2022
• CBBC Productions, ZDF, Série *Amandine Malabul*, Netflix, depuis 2017
• DEBLOIS Dean, SANDERS Chris, *Dragons*, DreamWorks Animation, 2010
• DEMY Jacques, *Peau d'Âne*, Parc Film, Marianne Productions, 1970
• DERRICKSON Scott, *Doctor Strange*, Marvel Studios, 2016
• DUFFER, Matt, DUFFER, Ross, Série *Stranger Things*, Netflix, depuis 2016
• GOLDBERG Eric Goldberg, GABRIEL Mike, *Pocahontas, une légende indienne*, Walt Disney Pictures, 1995
• HISSRICH Lauren Schmidt Hissrich, *Série The Witcher*, Netflix, depuis 2019
• HOWARD Ron, *Willow*, Lucasfilm Ltd., Imagine Entertainment, Metro-Goldwyn-Mayer, 1988
• HOWARD Ron, *Willow*, Disney+, 2022
• JOHNSTON Joe, *Jumanji*, Interscope Communications, Teistler Film, TriStar Pictures, 1995
• LEVY Davis, Série *La Famille Addams*, Herb Brower, David Levy, Nat Perrin, 1964 à 1966
• MITCHELL Mike, DOHRN Walt, *Les Trolls*, DreamWorks Animation, 2016
• MIYAZAKI, Hayao, (réalisateur), *Kiki la petite sorcière*, Studio Ghibli, 1989
• MUSKER John, CLEMENTS Ron, *Aladdin*, Walt Disney Pictures, 1992
• MUSKER John, CLEMENTS Ron, *La Petite Sirène*, Walt Disney Pictures, 1989
• MUSKER John, CLEMENTS Ron, *Vaiana*, Walt Disney Pictures, 2016
• ORTEGA Kenny, *Hocus Pocus*, Walt Disney Pictures, Touchwood Pacific Partners 1, Rhythm & Hues Studios, 1993
• REITHERMAN Wolfgang, *Merlin l'Enchanteur*, Disney Studios, 1964
• TARTAKOVSKY Genndy, *Hôtel Transylvanie*, Columbia Pictures, Sony Pictures Animation, 2012
• TOT, CHAFER Anne-Charlotte, BARDIAU Denis, Série *Abraca*, MadLab Animations, depuis 2019
• UNKRICH Lee, MOLINA Adrian, *Coco*, Pixar Animation Studio & Walt Disney Pictures, 2017
• WILLIAMS Joe, Série *Théodosia*, HBO Max, CCBC

JEUX DE SORCIERS :

• *Donjons & Dragons*, Tactical Studies Rules et Wizards of the Coast, 1974 à 2016
• SAPKOWSKI, Andrzej, *The Witcher*, Atari, 2007 à 2015

INDEX

Retrouvez tous les univers et les renvois aux recettes correspondantes dans le « Who's who des sorciers » page 6

REMERCIEMENTS

À Didier, merci pour la confiance dont tu m'honores depuis le début,
je te souhaite le meilleur.

Merci à Marjorie, éditrice-magicienne ès-organisation, qui a su gérer délais,
hésitations et imprévus sans se départir ni de son calme ni de son sourire.
Merci à toutes les petites mains de chez Solar qui œuvrent dans l'ombre
mais sans qui ce livre ne serait pas :
graphistes, correctrices, relecteur, fabricante, marketing...

Une mention spéciale à Éloïse et Amélie qui ont réalisé cette couverture
et cette maquette.

Merci à Diane et Anne,
pour avoir créé ces photos et ces décors si particuliers aux *Sorciers*.
Merci à Nassira Samaké de Trois Cœurs Gourmands, qui a eu la gentillesse
de mettre son talent au service de ce livre (troiscoeursgourmands.com)
pour les recettes de Mercredi et de Frankenstein.

Merci aux amis du Club de 8:44 pour leurs encouragements inconditionnels
et leurs avis absolument impartiaux.

Merci à Sylvie pour son inspiration et ses conseils ô combien précieux.
Merci à Ph, M, G, N, pour leur bienveillance à toute épreuve.

Merci à ma famille, pour leur enthousiasme (au début), leur patience (pendant),
et leur humour (à la fin).

Merci à mon cher & tendre, pour avoir tenu le fort durant les mois d'écriture,
avoir enduré les tests-recettes avec stoïcisme et partagé des fous rires existentiels
à point d'heure.

Et merci surtout à vous, amis lecteurs et amies lectrices,
sans qui rien ne serait possible.

Aurélia Beaupommier

Remerciements de la styliste :
Je tiens à remercier tout particulièrement :
Marjorie pour avoir orchestré ce beau projet avec brio et bonne humeur,
et de nous avoir confié ses précieux objets !
Aurélia pour ses recettes ensorcelantes et son enthousiasme indéfectible ;
Anne pour m'avoir embarquée avec elle dans cette belle aventure,
pour son talent et ses lumières envoûtantes ;
Maud pour avoir rendu cette rencontre possible ;
Armelle, Sophie, Clémence, Anne et Momo, Sébastien, d'avoir fouillé maisons,
caves et greniers à la recherche de pépites qui sont venues embellir nos images ;
François pour avoir traversé la France avec une cargaison de bibelots ;
Nathalie pour son aide si précieuse, en toutes circonstances ;
Et puis bien sûr merci à Mathieu, Alexis et Gabriel pour leur soutien constant...

Diane Glavany

Remerciements de l'éditrice :
Merci à Aurélia pour ce nouvel opus toujours aussi excitant,
merci pour les longues réunions, les idées toujours magiques
et les madeleines Jeannette.
Merci à Anne et Diane pour leur infatigable énergie et leurs fantastiques photos ;
Merci à Amélie et Éloïse pour cette maquette qui est devenue
la signature et l'écrin des *Sorciers* ;
à Yann et Florent pour le prêt inespéré de leur arsenal ;
à Nicolas de m'avoir laissée subtiliser la déco de son (notre) salon
et pour son enthousiasme, son aide et ses idées.

Marjorie Goussu

TEMPÉRATURES DU FOUR

Thermostat	Degrés Celcius	Degrés Fahrenheit
Th. 1	30 ° C	85 ° F
Th. 2	60 ° C	140 ° F
Th. 3	90 ° C	190 ° F
Th. 4	120 ° C	250 ° F
Th. 5	150 ° C	300 ° F
Th. 6	180 ° C	350 ° F
Th. 7	210 ° C	410 ° F
Th. 8	240 ° C	460 ° F
Th. 9	270 ° C	520 ° F

CORRESPONDANCES DES LIQUIDES

ml	fl. oz	cup	c.à soupe	c. à café
30	1	1/8	2	96
118	4	1/2	8	48
237	8	1	16	24
473	16 (1 lb)	2	32	6

ÉQUIVALENCES ML EN CUP

ml	cup
118	1/2
158	2/3
177	3/4
237	1
59	1/4= 4 c.à soupe

ÉQUIVALENCES GRAMMES EN OUNCES

grammes	ounce (oz)
28	1
112	4
225	8
454	16 = 1 livre (lb)
79	1/3

Recettes des pages 140 et 155 : NASSIRA SAMAKÉ

•

Directeur éditorial : DIDIER FÉRAT

Édition : MARJORIE GOUSSU

Création graphique, illustrations & mise en page :

Éloïse de Guglielmo (MOSHI MOSHI STUDIO) & Amélie du Petit Thouars

Fabrication : LAURENCE DUBOSCQ

Photogravure : Chromostyle

ISBN : 978-2-263-18336-2

Code éditeur : L18336

Dépôt légal : octobre 2023

Imprimé en Chine par Toppan.